로크미디어가
유혹하는
재미있는 세상

# Taming Master

# 테이밍마스터

# 테이밍 마스터 43

2019년 9월 9일 초판 1쇄 인쇄
2019년 9월 16일 초판 1쇄 발행

**지은이** 박태석
**발행인** 이종주

**총괄** 김정수
**경영지원** 배진경 임혜솔 송지유

**기획** 이기헌 왕소현 박경무 이승제
**책임 편집** 금선정

**발행처** (주)로크미디어
**출판등록** 2003년 3월 24일
**주소** 서울시 마포구 성암로 330 DMC첨단산업센터 3층 318호, 319호
Tel (02)3273-5135 **편집** 070-7863-8586 **Fax** (02)3273-5134
**홈페이지** rokmedia.com  **E-mail** rokmedia@empas.com

ⓒ 박태식, 2016

값 8,000원

ISBN 979-11-354-3400-6 (43권)
ISBN 979-11-5960-986-2 04810 (세트)

# 43

# Taming Master

|박태석 게임 판타지 장편소설|

# 테이밍마스터

로크미디어

# CONTENTS

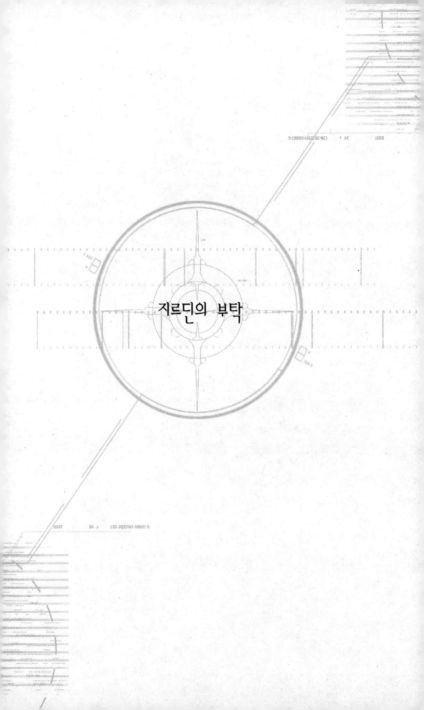

지르딘의 부탁

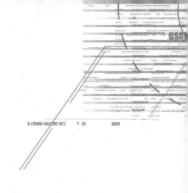

　이안과 조나단의 앞을 막은 두 마리의 기계 괴수들.

　어둠의 요새 안의 모든 동력을 모아 받은 두 녀석들의 전투력은 사실상 괴물 그 자체라고 할 수 있었다.

　기계 동력으로 인해 모든 전투 능력치가 2배 이상 펌핑되어 있는 상태였으니, 공격 기술에 스치듯 맞아도 생명력이 쭉쭉 깎여 나가는 것이다.


　–어둠의 문지기 '기계 세카토르'가 '빛의 섬전' 고유 능력을 발동합니다.

　–'섬전의 조각'에 의해 피해를 입었습니다!

　–생명력이 1,701만큼 감소합니다!

　–생명력이 1,669만큼 감소합니다!

……후략…….


'크음…… 피한다고 피했는데…….'

지금 이안과 조나단은 각각 한 마리의 문지기를 맡아 싸우는 중이었다. 몇 번의 시행착오를 거친 끝에 조나단이 기계 호랑이를, 이안이 기계 그리핀을 맡기로 한 것이다.

물론 이안이 뭔가 전투하는 느낌이라면 조나단은 거의 버티는 느낌에 가까웠지만, 그래도 조나단의 역할은 무척이나 중요했다.

기계 호랑이가 그리핀에 비해 민첩성이 많이 떨어지는 대신, 공격력은 거의 두 배에 가까운 수준이었으니 말이다.

조나단이 빠른 발과 암살자의 고유 능력들을 활용하여 세 카토르를 맡아 주지 않았다면, 아무리 이안이라 해도 결코 전투를 이어 갈 수 없었으리라.

하지만 전투가 시작된 지금까지도, 조나단은 승리에 대한 기대가 크게 없었다.

'이 전투, 승산이 있기는 한 건가?'

그리고 그것은 이안이라는 인물을 낮게 평가하기 때문이 아니었다. 오히려 실제로 파티 플레이 해 본 이안이라는 랭커는 조나단이 상상했던 것 이상의 고수였으니 말이다.

다만 지금 그들의 눈앞에 있는 두 문지기들이 상식을 파괴할 정도로 너무 강력할 뿐이었다.

크허어어엉-!

기계 세카토르가 울부짖자, 조나단은 온몸의 털이 곤두서는 듯한 느낌을 받았다.

'제기랄.'

기본적으로 호랑이의 포효에는 '공포' 상태 이상의 효과가 담겨 있었던 데다, 차가운 기계음까지 그 안에 섞이니, 소름이 돋을 정도로 위협적이고 무서운 울음소리가 되어 버린 것이다.

게다가 세카토르가 단순히 위협을 위해 포효한 것도 아니었다. 그의 주변으로 커다란 광휘가 넘실거리더니, 강력한 버프가 발동되었으니까.

-'기계 세카토르'의 고유 능력 '전장의 화신'이 발동합니다.
-세카토르의 마법 공격력이 1.7배 강화되어, 물리 공격력으로 전환됩니다.

'뭐라고?'

시스템 메시지를 힐끔 확인한 조나단은 어이가 없어질 지경이었다.

기계 세카토르는 호랑이답지 않게 마법 공격력 위주의 몬스터였고, 녀석이 사용하는 빛의 섬전 고유 능력 또한 마법 공격이었는데, 갑자기 그 강력한 마법 공격력을 거의 2배로

뺑튀기해 물리 공격력으로 전환해 버리니, 당황하지 않을 수 없는 것이다.

'젠장, 이러면 세팅을 바꿔야 하잖아!'

그리핀과 세카토르 모두 마법 기반의 딜러라는 것을 확인한 뒤 마법 방어력과 저항력 위주로 장비를 착용했던 조나단은 황급히 아이템을 다시 스와프할 수밖에 없었다.

타탓-!

그런데 그때, 이안이 상대하고 있던 그리핀 쪽에서 또 하나의 변수가 겹쳐 버렸다.


-어둠의 문지기 '기계 세카루 그리핀'이 '마법 강화 발톱' 고유 능력을 발동하였습니다!

-파티원 '이안'의 소환수 '빡빡이'가 치명적인 피해를 입었습니다!

-'무적' 효과에 의해 '빡빡이'의 생명력이 감소하지 않습니다.

-'치명타' 효과의 영향으로 '마법 강화 발톱'의 부가 효과가 발동합니다.

-'기계 세카루 그리핀'의 고유 능력 재사용 대기시간이 30%만큼 감소합니다!


"미친……!"

세카루 그리핀의 광역기인 '빛의 날갯짓' 고유 능력이 마법 강화 발톱과 시너지가 나면서 급작스럽게 '재사용 대기시간 초기화'가 되어 버린 것이다.

–'기계 세카루 그리핀'의 고유 능력 '빛의 날갯짓'이 발동하였습니다.

그리고 이것은 아무리 피지컬 좋은 조나단이라 하더라도 대응이 불가능한 것이었다.

계산되지 않았던 변수가 두 번 연속 겹치면서 시너지가 나니, 그로 인해 커다란 틈이 생길 수밖에 없는 것이다.

–치명적인 피해를 입었습니다!
–생명력이 517,298만큼 감소합니다.
–파티원 '이안'의 생명력이 249,810만큼 감소합니다.
……후략…….

심지어 그리핀을 상대하던 이안조차도 완전히 피하지 못하고 맞았을 정도이니, 조나단은 거의 직격으로 피해를 입을 수밖에 없었던 것.

'으아아아……!'

단숨에 절반 이상의 생명력이 뭉텅이로 깎여 나가자, 조나단의 이마에서 식은땀이 주륵 흘러내렸다. 완전히 빈사 상태가 된 지금, 아무 공격 기술에 스치기만 해도 그대로 사망일 것이었으니 말이다.

그리고 그런 그를 향해, 기계 세카토르가 빛살처럼 달려들었다.

－'기계 세카토르'가 고유 능력 '폭풍 가르기'를 사용합니다.

파아앗－!
이어서 기계로 만들어진 세카토르의 거대한 앞발이, 조나단의 시야에 커다랗게 확대되었다.

'아오, 이럴 줄 알았으면 가신이라도 데려오는 건데.'
아랫입술을 끄득 깨문 이안은 쉴 새 없이 움직이고 있었다.
조나단이 살얼음판에서 식은땀을 흘리며 생존 게임을 하는 중이라면, 이안은 쉴 새 없이 소환수들을 컨트롤하며 비지땀을 흘리고 있었으니 말이다.
'까망이와 핀이라도 가신들이 컨트롤해 주면, 한결 수월했을 텐데 말이지.'
지금 이안에게 두 기계 문지기와의 전투는 사실상 정신력 싸움 같은 것이었다. 단 한 번만 실수해도 파티의 균형이 깨어지며 곧바로 전멸이 날 수 있는 위태로운 전투였기 때문에, 초인적인 집중력과 컨트롤로 모든 고유 능력 사이클을 굴리고 있었던 것이다.
이 와중에 한 번씩 터져 나오는 변수에 대응까지 해 내야 했으니, 정말 오랜만의 살 떨리는 전투였던 것.

그나마 다행인 부분이라면, 이안과 조나단의 한계 전투력으로 두 기계 괴수와의 전투를 지속할 수 있다는 것이었다.

'피켄로랑 싸울 때도 이 정도는 아니었는데…….'

물론 군단장인 피켄로의 전투력은 두 녀석을 합친 것만큼 강력한 수준인 게 맞았다.

하지만 그때는 대지의 성물 효과도 가지고 있었고, 이안에게도 군대가 있었으니, 지금과 상황이 많이 다른 것이다.

지금은 살 떨리는 미세 컨트롤을 계속해서 이어 가야 한다면, 그때는 수많은 군단을 지휘하는 게 이안의 주된 역할이었으니까.

'빡빡이가 버텨 주는 동안, 딜 사이클 한 바퀴만 무사히 돌리면…….'

전투에 집중하던 이안이, 날카로운 시선으로 전황을 훑어보았다.

'조나단은 아직 잘 버텨 주고 있고…… 그리핀 생명력도 이 정도면 제법 깎았고…….'

전투가 시작된 뒤 지나간 시간은 약 30여 분 정도.

그동안 이안이 꾸역꾸역 깎아 낸 그리핀의 생명력이 1/3 정도였으니, 사실 상황이 그렇게 좋은 것은 아니었다.

이대로라면 단순 계산으로 해도 거의 3시간 넘게 실수 없이 싸워야, 녀석들을 처치하는 게 가능했으니 말이다.

'게다가 변수가 없으리라는 보장도 없지.'

그래도 다행인 부분은, 두 녀석 모두 회복 계열의 스킬을 가지지 않았다는 점.

기계 몬스터의 특성상 시온 속성을 가지고 있으면서도 회복 계열의 고유 능력이 없다는 부분은 정말 다행이라 할 수 있었다.

'그래, 어떻게든 버텨 보자. 충분히 잡을 수 있어!'

전황을 대략 확인한 이안은 다시 전투에 집중하기 위해 소환수들을 컨트롤하기 시작하였다.

하지만 말이 씨가 되기라도 한 것일까?

그리핀이 지금까지 사용하지 않고 있던 고유 능력을 발동시키며, 변수가 생겨 버리고 말았다.


-'치명타' 효과의 영향으로 '마법 강화 발톱'의 부가 효과가 발동합니다.

-'기계 세카루 그리핀'의 고유 능력 재사용 대기시간이 30%만큼 감소합니다!


"뭐라고?"

갑작스레 세카루 그리핀이 재사용 대기시간을 돌리면서, 광역기를 뿜어낸 것이다.

콰쾅- 콰콰콰쾅-!

황급히 광역 실드로 대응하기는 하였지만, 피해는 어마어마한 수준.

－치명적인 피해를 입었습니다!

－생명력이 249,810만큼 감소합니다.


게다가 이 변칙 공격은 엎친 데 덮친 격으로, 조나단의 생명력마저 빈사 상태로 만들어 버리고 말았다.

'제길……! 이러면 저 호랑이 놈이 곧바로 폭풍 가르기를 쓸 텐데……!'

기계 세카토르의 고유 능력들 중 가장 까다로운 것은 '폭풍 가르기'였다. 이안이 근원의 숲에서 꿀통을 따다 준 대가로, 할리칸에게 배울 수 있었던 스킬인 폭풍 가르기.

암살자인 조나단에게 아무리 이동기가 많다 하더라도, 한 번에 공간을 가르고 접근하는 폭풍 가르기는 대응이 힘들었던 것이다.

지금까지야 세카토르의 물리 공격력이 약해서 폭풍 가르기가 별로 아프지 않았지만, '전장의 화신' 고유 능력 때문에 이제 몇 배는 강력한 위력을 터뜨릴 터.

'마법 기반 호랭이한테 대체 왜 폭풍 가르기가 붙어 있나 했더니…… 스킬 구성이 이런 식일 줄이야.'

하여 짧은 시간에 수많은 경우의 수를 떠올린 이안은, 여기서 하나의 선택을 해야만 했다.

아껴 두었던 드라고닉 배리어를 조나단의 생존을 위해 사용할지, 아니면 그를 한번 믿어 볼지 말이다.

'조나단이 버틸 수 있을까? 버텨 줄까?'

이안이 알기로 조나단에게는 '그림자 장막'이라는 고유 능력이 있었는데, 이걸 잘 활용할 수만 있다면 폭풍 가르기 한 텀 정도는 버티는 게 가능했다.

하지만 정확한 타이밍에 장막을 발동시키지 않으면 그대로 즉사일 게 분명했으니, 이안으로서는 갈등되지 않을 수 없는 것.

'여기서 조나단이 죽어 버리면, 그대로 게임 셋인데.'

게다가 폭풍 가르기에 대해 잘 알고 있는 이안과 달리, 조나단은 이해도가 부족할 것이었고, 그 때문에 이안은 이 찰나의 시간 동안 수없이 많은 갈등을 할 수밖에 없었다.

'하지만 배리어를 여기서 써 버리더라도, 다음 사이클을 버티지 못하는 건 똑같아. 그럼 결국 지겠지.'

크허어엉-!

그리고 세카토르의 포효 소리를 들은 이안은 결국 결정을 내려야만 하였다.

'그래. 어차피 다른 답이 없다면, 도박이 답일 수도.'

척-!

엘카릭스에게 내리려던 오더를 멈추고, 반대로 그리핀을 향해 맹공을 퍼붓기 시작한 것이다.

콰쾅- 콰콰콰쾅-!

조나단의 피지컬과 실력을 믿고, 배리어를 아끼는 선택을 내린 것.

크아아오오-!

그리고 그 선택을 내린 바로 다음 순간.

띠링-!

떠오르는 시스템 메시지를 확인한 이안은, 흡족한 미소를 지을 수 있었다.

푸슉-!

커다란 타격음 대신 바람 빠지는 듯한 소리가 들리며, 기다렸던 메시지가 떠올랐으니 말이었다.

-파티원 '조나단'의 고유 능력, '그림자 장막'이 발동합니다.

-기계 세카토르의 고유 능력, '폭풍 가르기'가 발동합니다.

-'조나단'이 물리 피해를 성공적으로 흡수하였습니다!

-'조나단'의 생명력이 0만큼 감소하였습니다.

-파티원 '조나단'의 '그림자 권능'의 게이지가 25%만큼 회복됩니다.

-'조나단'의 생명력이 0만큼 감소하였습니다.

-파티원 '조나단'의 '그림자 권능'의 게이지가 25%만큼 회복됩니다.

……후략…….

심지어 그림자 장막의 효과를 완벽하게 활용한 조나단은, 가득 찬 권능의 효과를 이용하여 필드 반대편으로 순간 이동하였고.

좌아악-!

멈칫한 '기계 세카루 그리핀'의 뒤통수에, 제대로 된 일격까지 꽂아 넣었다.

-'조나단'의 고유 능력 '파괴의 핏빛검술'이 발동합니다.
-'기계 세카루 그리핀'이 치명적인 피해를 입었습니다!
-'기계 세카루 그리핀'의 생명력이 781,920만큼 감소합니다!

그리고 그것을 확인한 이안은 감탄하지 않을 수 없었다.

'오! 이건 좀 놀라운데?'

생사가 걸린 마지막 순간에 발동시킨 스킬을 이렇게 깔끔하게 활용할 수 있을 줄은, 그조차도 예상하지 못했으니 말이었다.

'이 친구, 생각보다 괜찮잖아?'

이어서 조나단의 뒷모습을 향해 슬쩍 시선을 돌린 이안의 입에는 어느새 음흉한 미소가 걸려 있었다.

원래는 이번 퀘스트만 끝나면 조나단과 따로 움직이려는 생각을 하고 있었는데, 그 생각이 조금씩 달라지고 있었으니 말이었다.

이것이 조나단에게 축복일지 저주(?)일지는 아무도 모를 일이라고 할 수 있었다.

이안조차 놀랄 정도로, 변수에 대한 완벽한 임기응변과 컨트롤을 보여 준 조나단.

하지만 조나단의 선전은 거기서 끝이 아니었다.

기계 문지기들의 공격 패턴과 고유 능력에 적응이 되고 나자, 처음보다 더 훌륭한 퍼포먼스를 보여 주기 시작한 것이다.

이안이 조나단에게 기대했던 수준이 80~90 정도였다면, 거의 100이 넘을 정도의 훌륭한 역할을 수행해 준 것.

이안으로서는 세카루 그리핀의 생명력을 바닥까지 깎을 동안 그저 버텨 주기만 해도 감사하다 생각하였는데, 조나단은 그것을 넘어 간간히 그리핀의 생명력까지도 깎아 주고 있었으니 말이다.

심지어 대충 건드리는 것도 아니었다.

한 번씩 기습적으로 그리핀에게 들어오는 조나단의 공격은 충분히 유의미한 대미지를 보여 줬으니까.

로터스 길드원이 아닌 외부인과 파티 플레이를 하면서, 오랜만에 만족스러움을 느끼고 있는 이안!

'호랑이가 아닌 그리핀에게 우선적으로 딜을 넣어 주는 선택까지도…… 아주 완벽하군.'

그리고 조나단의 그 선전에 힘입어 이안은 더욱 안정적으로 보스들을 공략해 낼 수 있었다.

기존에 예상했던 3시간의 절반 정도가 지난 시점에, 이미 두 문지기들의 생명력을 전부 바닥까지 떨궈 내는 데 성공했으니 말이다.

　　"후우, 이제 끝이 좀 보이는 것도 같고."

　　"조금만 더 버티라고 조나단. 이제 진짜 다 왔어."

　　"진이 다 빠지는 것 같으니, 저 괴물들 빨리 좀 잡아 주면 안 될까."

　　"아직 1시간 반밖에 안 지났는데, 벌써 진이 빠지면 어떡해?"

　　"뭐? 1시간 반이라고? 난 못해도 5시간은 싸운 기분인데."

　　하여 이안과 조나단의 표정은 전투로 인해 체력이 바닥났음에도 불구하고 처음보다 훨씬 더 밝아져 있었다.

　　이제 이 처절한 싸움의 끝에 섰으며, 힘들었던 만큼 확실한 보상이 눈앞에 아른거렸으니 말이다.

　　이제 관건은 최대한 시간 차 없이 두 놈을 한 번에 깔끔하게 처치하는 것.

　　이제 정말 다 온 것이나 다름 없었지만, 이안은 결코 긴장의 끈을 놓치 않았다. 마지막에 실수하여 한 놈이 먼저 죽어 버리면, 남은 한 놈이 미쳐 날뛰면서 순식간에 다 된 밥상을 엎어 버릴 수도 있었으니 말이다.

　　'이 상황에서 가장 깔끔한 방법은⋯⋯.'

　　기계 세카토르의 공격을 빠르게 피해 낸 이안은 조나단을 향해 살짝 시선을 돌렸다.

이어서 그를 향해, 짧게 입을 열었다.

"조나단."

"말해."

"'불사의 대지' 준비됐지?"

"1분 남았다."

"무슨 말인지는 알겠지?"

"물론."

서로를 향해 고개를 끄덕인 이안과 조나단은 더욱 보스 공략에 가속을 붙이기 시작하였다.

－파티원 '조나단'의 고유 능력 '핏빛 쇄도'가 발동합니다.

쐐애애액－!

－문지기 '기계 세카토르'에게 치명적인 피해를 입혔습니다!
－'기계 세카토르'의 생명력이 409,102만큼 감소합니다.

조금 남아 있는 두 보스의 생명력 게이지를 최대한 제로에 수렴하도록 붙여 놓기 위해서 말이다.

－고유 능력 '심판의 번개'를 발동하였습니다.

콰콰쾅—!

–문지기 '기계 세카토르'에게 치명적인 피해를 입혔습니다!
–문지기 '기계 세카루 그리핀'에게 치명적인 피해를 입혔습니다!
……후략…….


그리고 둘 중 한 녀석인 그리핀의 생명력이, 육안으로 확인하기 힘들 정도까지 닳아 없어진 순간.
"조나단!"
"걱정 말라고!"
이안과 조나단은 동시에 서로 다른 고유 능력을 차징하기 시작하였다.
　우우웅—!


–파티원 '조나단'이 고유 능력' 불사의 대지'를 발동시켰습니다.
–핏빛 기류가 전장을 지배하기 시작합니다.
–소환수 '루가릭스'의 고유 능력 '드래곤 브레스'가 발동합니다.
–소환수 '엘카릭스'의 고유 능력 '드래곤 브레스'가 발동합니다.


그리고 이것은 상황을 모르는 다른 랭커가 봤다면 무척이나 의아할 만한 것이었다.
암살자의 히든 고유 능력 중 하나인 '불사의 대지'는 보통

이럴 때 사용하는 고유 능력이 아니었으니 말이다.

---

### 불사의 대지

'불사不死의 대지' 위에 선 이는 사신의 허락이 떨어지기 전까지는 그 누구도 죽을 수 없습니다.

*시전자로부터 반경 10m 이내의 모든 존재가, 5초 동안 '불사'의 상태가 됩니다.

*'불사' 상태인 대상은 죽음에 이르는 피해를 입었을 시 생명력이 1 남은 상태로 생존합니다.

*'불사' 효과가 끝난 대상은 5초 동안 물리 방어력과 마법 방어력이 대폭 감소합니다.

---

필드의 모든 존재를 일정 시간 동안 불사의 상태로 만드는 '불사의 대지' 고유 능력과, 그 위에 쏟아져 내리는 두 발의 브레스.

이것은 무척이나 아이러니한 상황일 수밖에 없었다.

죽을 수도 있는 상대를 의도적으로 살려 두는 셈이니 말이다.

하지만 지금 상황의 이안과 조나단에게 이것은 완벽한 한 수나 다름없었다.

콰콰콰쾅-!

-문지기 '기계 세카토르'에게 치명적인 피해를 입혔습니다!

-문지기 '기계 세카루 그리핀'에게 치명적인 피해를 입혔습니다!

-'기계 세카토르'의 생명력이 765,402만큼 감소합니다.

……중략……

-'불사의 대지' 효과가 발동합니다.

-문지기 '기계 세카토르'가 '불사'의 상태가 되었습니다.

-문지기 '기계 세카루 그리핀'이 '불사'의 상태가 되었습니다.


두 녀석의 생명력을 정확히 1로 떨어뜨려 둔 뒤, 깔끔하게 광역기를 하나 더 발동시킨다면, 녀석들을 변수 없이 동시에 처치하는 셈이 되어 버리니 말이다.

보통 암살자들이 불리한 상황에서 역전을 꾀할 때 쓰는 고유 능력이었지만.

이안과 조나단은 특별한 상황에서 그것을 응용한 것이라 할 수 있었다.

"자, 핀……! 마무리 부탁해."

끼아아오오-!

이어서 불사 상태가 끝나기 바로 직전, 마무리를 위해 이안이 선택한 마지막 스킬은 다름 아닌 피닉스의 '분쇄' 스킬이었다.

위력이야 다른 광역기들에 비해 많이 부족하지만, 생명력이 1 남은 녀석들을 변수 없이 처치하기에 이것만큼 좋은 스킬도 없었으니 말이다.

콰아아아-!

아직까지 불사의 기운이 남아 있는 필드 위에, 핀의 날개
에서 뿜어 나온 날카로운 바람의 회오리가 미친 듯이 휘몰아
친다.

그리고 그 바람의 회오리가 시작된 직후, 대지 위에 피어
오르던 붉은 기운이 서서히 가라앉았다.

-'불사의 대지' 고유 능력의 지속 시간이 종료됩니다.

콰쾅-!

그리고 그것은 곧, 이 힘든 싸움의 마침표라고 할 수 있었다.

-'기계 세카토르'의 생명력이 1만큼 감소합니다.

-'기계 세카루 그리핀'의 생명력이 1만큼 감소합니다.

-복원된 고대의 기계 괴수, '기계 세카토르'를 성공적으로 처치하셨
습니다!

-복원된 고대의 기계 괴수, '기계 세카루 그리핀'을 성공적으로 처치하셨습니다!

-강력한 보스 타입의 몬스터를 처치하셨습니다.

-처치 기여도 : 73.48%

……중략……

-'샤이닝 기어Shining Gear'를 획득하였습니다.

-모든 조건이 충족되었습니다!

-'세카토르의 밀실'로 통하는 게이트웨이를 작동시킬 수 있습니다.

-'세카루 그리핀의 밀실'로 통하는 게이트웨이를 작동시킬 수 있습니다.


기깅- 기기깅-!

마지막 타격이 터짐과 동시에, 새하얀 빛으로 휩싸인 두 기계 몬스터들이 폭발을 일으키며 공중에서 분해되기 시작하였다.

퍼펑!

기기기깅!

이어서 이안은 눈앞에 주르륵 떠오른 시스템 메시지들 사이로 하얗게 빛나는 톱니바퀴를 발견하였다.

이안이 그곳을 향해 다가가자, 뒤늦게 하얀 기어를 발견한 조나단이 의아한 표정으로 입을 열었다.

"음? 두 마리를 잡았는데, 왜 기어가 하나뿐인 거지?"

"글쎄, 분명 뭔가 이유가 있을 텐데……."

분명 보스 몬스터도 둘이고 남은 밀실도 두 곳이었는데, 기관을 작동시킬 열쇠인 기어는 하나뿐이었으니 말이다.

하지만 이안은 금방, 그 이유를 발견할 수 있었다.

"엇, 저기!"

단순히 폭파되어 분해되는 것으로 생각했던 두 기계 문지기들이 다시 허공에서 모이더니 재조립되기 시작한 것이다.

기잉— 철컥— 촤라락!

각각 분해된 파츠들은 하얀색으로 빛나는 파츠와 까맣게 죽은 파츠로 나뉘었고.

하얀 파츠들만으로 재조립되어, 새로운 형태의 기계 몬스터가 만들어지기 시작한 것.

그 화려한 퍼포먼스에, 이안과 조나단은 한동안 멍하니 그 광경을 지켜볼 수밖에 없었다.

지이잉—!

—특수한 조건이 충족되었습니다.

—'어둠의 요새'의 숨겨진 유물이 발견되었습니다.

대략 30초 정도에 걸쳐 재조립된 새하얀 기계 파츠들은 하얀 광휘로 빛나는 새로운 모습으로 탄생하였다.

하얀 갈기로 뒤덮인 사납고 거대한 호랑이의 외형에, 그리핀의 날개가 돋아난 멋들어진 기계 괴수.

크허엉-!

두 눈을 하얗게 빛낸 녀석은 입을 쩍 벌린 채 커다랗게 포효하였고, 그 뒤로 서서히 하얀 빛이 사라져 갔다.

이어서 녀석의 쩍 벌린 커다란 입 한가운데, '샤이닝 기어'를 끼워 넣을 수 있는 구조가 만들어졌다.

"처음부터 이 두 밀실은 이어져 있던 곳이었나 보네."

"흠, 확실히 그런 것 같군."

잠시 조립된 몬스터의 모습을 보며 감탄하던 이안은 기어를 들고 천천히 그 앞으로 다가갔다.

철컥-!

이어서 기어를 호랑이의 입속에 끼워 넣으며, 작은 목소리로 중얼거렸다.

"마지막에 이곳을 트라이한 게 어쩌면 천운일수도."

연계된 밀실을 더 먼저 공략했더라면, 황금 고서를 맥시멈 네 개밖에 얻지 못했을 테니, 이안으로서는 그것을 다행이라고 생각한 것.

하지만 그 목소리를 들은 조나단은 어이없는 표정으로 대꾸할 수밖에 없었다.

"그걸 지금 말이라고……."

그의 입장에서는 고서 한 권 덜 얻더라도, 이 고생을 다시는 하고 싶지 않았으니 말이다.

"후후."

그런 그를 향해 피식 웃어 보인 이안은 천천히 열리는 양쪽의 밀실을 보며 다시 입을 열었다.

"자, 이제 마지막 계획을 세워야겠군."

"계획이라면?"

"모든 밀실을 오픈했으니. 이제 황금 고서를 챙겨야 할 것 아냐."

이제 두 사람에게 남은 과제는 하나였다.

요새 사방에 뿔뿔이 자리하고 있는 다섯 권의 황금 고서를, 동시다발적으로 회수하여 무사히 지르딘의 연구실로 가져오는 것.

하나씩 챙기는 것은 말이 되지 않았다.

고서를 하나라도 건드리는 순간, 관리자가 그들의 침입을 알게 될 것이고, 그럼 다섯 권의 고서를 챙기지 못하고 잡힐 확률이 높았으니까.

"내가 처음에 갔던 루카크의 밀실을 맡도록 하지."

"길은 전부 숙지했지?"

"물론."

"그럼 내가 여기에 대기하고…… 나머지 두 곳에 라이와 할리를 보내면 되겠군."

빠르게 계획을 세운 이안과 조나단은 신속하게 움직여 고서가 있는 밀실들을 향해 흩어졌다.

그리고 어렵지 않게 고서들을 가지고, 지르딘의 연구실까지 돌아올 수 있었다.

띠링-!


-누군가 '황금빛 고서'에 손을 대었습니다.

-요새의 관리자가 침입자를 감지합니다.

-어둠의 기계 가디언들이 침입자를 수색하기 시작합니다.

-'연구소 복귀(연계)(돌발)' 퀘스트가 시작됩니다.

······중략······

-'지르딘의 연구소'에 성공적으로 복귀하였습니다.

-황금빛 고서를 1권 확보하였습니다.

-황금빛 고서를 2권 확보하였습니다.

······후략······.


이어서 라이가 가져온 황금빛 고서를 마지막으로 다섯 권의 고서가 전부 모이자.

띠링-!

이안의 눈앞에, 퀘스트 완료를 알리는 새로운 메시지가 떠오르기 시작하였고······.


-'지르딘의 부탁(연계)(히든)' 퀘스트를 성공적으로 완수하셨습니다!

-클리어 등급 : SSSSS

-특수한 조건을 충족하여, 추가 보상을 획득합니다.
-'빛의 신수의 비밀' 에피소드의 단서를 획득하셨습니다.


그것을 확인한 이안은 두 눈이 휘둥그레질 수밖에 없었다.

"정말…… 다섯 권을 전부 가져왔단 말인가?"

"지금 눈앞에 있지 않습니까. 흐흐."

"보고도 믿기가 어려우니 하는 이야길세."

어둠의 요새 내부에 존재하던 황금빛의 고서들.

그 다섯 권이 전부 눈앞에 쌓여 있는 것을 확인한 지르딘
은 적잖이 놀란 표정이 될 수밖에 없었다.

사실 이 어둠의 요새는 오래 전 그의 주도하에 설계된 곳이
었고, 때문에 요새를 지키는 문지기들이 얼마나 강력한 괴수
들인지 누구보다 잘 알고 있는 인물이 바로 그였으니 말이다.

"문지기 한둘이야 처치할 수도 있겠다고 생각했지만…….
마지막 문지기까지 전부 쓰러뜨리다니."

하여 지르딘은 잠시 멍한 상태가 될 수밖에 없었다.

이런 전개와 상황은 그의 AI 안에 고려되지 않은(?) 수준
이었으니까.

그리고 그것이 이안의 퀘스트 전개가 잠깐 멈춰 있던 이유

였다.

퀘스트 완수 메시지는 이미 떠올랐음에도 불구하고, 보상 메시지가 이어서 생성되지 않은 것이다.

'뭐지, NPC가 렉이라도 걸린 건가? 왜 저러고 가만히 있어?'

하여 이안은 의아한 표정이 되어, 참지 못하고 다시 지르딘을 향해 입을 열었다.

그로부터 받게 될 보상들이 상당한 가치를 지니고 있는데다, 보상을 받기 전까지는 정확한 내용을 알 수 없는 절반 정도의 랜덤성까지 띄고 있었으니, 조금이라도 빨리 보상 내용을 확인하고 싶었던 것이다.

어느새 기본 보상이자 퀘스트 아이템이었던 '마력 차단기'보다는 추가 보상에 더 관심이 많은 이안이었다.

"자, 지르딘 님. 그럼 이제 약속은 지켜 주시죠."

"야, 약속?"

"분명 두 권 이상의 책을 가져오면, 저와도 내용을 공유해 주겠다고 하시지 않았습니까. 아, 참. 마력 차단기도 주시기로 했고요."

"그래. 그랬었지. 걱정 마시게. 당연히 약속은 지킬 생각이니까."

이안의 독촉이 효과가 있었는지, 이안의 눈앞에 기다렸던 메시지가 떠오르기 시작하였다.

띠링–!

–특수한 조건을 달성하여 추가 보상이 책정됩니다.

–어둠의 기계공학자 지르딘으로부터 '고대 아티펙트 연성술' 에 대한 단서를 얻었습니다.

–어둠의 기계공학자 지르딘으로부터 '고대 정령 마수 연성술' 에 대한 단서를 얻었습니다.

……중략……

–어둠의 기계공학자 지르딘으로부터 '고대 정령 연성술' 에 대한 단서를 얻었습니다.


그리고 그 메시지들을 전부 확인한 이안은 저도 모르게 두 주먹을 불끈 쥐었다.

'역시……!'

황금 고서 중 하나에, 그가 가장 원했던 '정령 연성술'에 대한 단서가 들어 있었으니 말이다.

아직 그 내용을 공유 받은 것은 아니었지만, 황금빛 고서들의 제목을 알게 된 것만으로도, 이안은 충분히 흥분되기 시작한 것.

게다가 그것으로 끝이 아니었다. 다섯 권의 황금서 중 두 권은 크게 쓸모없는 잡화 아이템이었지만, 아티펙트와 정령 연성술을 제외하고도 이안의 눈을 휘둥그레지게 할 만한 고서가 한 권 더 있었던 것이다.

'잠깐. 이건 또 뭐야? 고대 정령 마수 연성술? 마수 연성술
까지 황금서랑 연관이 있었다고?'

생각지도 못했던 의외성의 연속에 두 동공을 더욱 크게 확
대시킨 이안. 그리고 이런 이안의 모습을 실시간으로 지켜보
고 있는 누군가가 있었다.

"팀장님."

"응?"

"이제 어쩌실 겁니까?"

"뭘 어째?"

"분명 이안이라 해도, 절대로 세 권 이상은 못 얻을 거라
고 하지 않으셨습니까."

"흠…… 그랬었지."

"그런데 세 권은커녕 지금 다섯 권 아닙니까."

"맞아."

"이제 저희, 망한 거 아닙니까?"

기획 1팀의 모니터링실.

팀장인 김의환과 1팀의 직원들은 심각한 표정으로 둘러앉
아 모니터링실의 스크린을 응시하고 있었다.

오랜만에 모니터링실 앞에 모인 이들이 스크린 너머로 보
고 있는 인물은 기획팀원들에게 그 누구보다 익숙한 유저.

다름 아닌 이안이었다.

"사실 조나단이랑 퀘스트를 같이 진행하게 될 줄은 예측하지 못했었는데……."

김의환이 말끝을 흐리며 입을 열자, 옆에 있던 팀원 하나가 고개를 절레절레 흔들며 대꾸하였다.

"제가 볼 때 조나단 없었어도 충분히 두세 권은 먹었을 것 같은데 말입니다."

"흠, 흠. 어쨌든 다섯 권 다 싹 쓸어 갈 수 있었던 데에는 조나단의 역할이 엄청 컸잖아?"

"그거야 그렇지만……."

기획 1팀은 잠시 침묵하였다.

지금 그들이 고민하는 이유는 크게 두 가지 정도였다.

첫째는 그들이 몇 주에 걸쳐 만든 퀘스트들을 이안이 한순간에 깡그리 독식했다는 점.

둘째는 그 독식한 퀘스트들 중 대부분이 마족 유저를 위해 만들어져 있던 퀘스트라는 점이었다.

사실 다섯 권의 고서 중 유일하게 인간 진영과 관계 있는 고서인 '정령 연성술'조차도, 인간 진영에서 가져갈 수 있을 것이라고 생각하고 넣어 놓은 것이 아니었으니 말이다.

정령 연성술은 사실, 정령계와 라카토리움의 전쟁 에피소드가 끝날 무렵 파프마 일족의 에피소드와 함께 자연스레 드러나기로 되어 있었던(?) 콘텐츠였으니까.

"아, 허무하네. 이거 이안 혼자 다 하라고 그 고생하면서 만든 콘텐츠가 아닌데."

"그러게요. 주임님 말씀처럼 진짜 한 달 내내 밤새면서 만든 콘텐츠 서너 개를, 이안이 1주일 만에 싹 다 털어 가네요."

"하, 멍청한 어둠의 군단 AI들은 대체 왜 물의 부족을 잡으러 가서……."

"쉿, 그거 팀장님이 설계하신 건데."

"헉, 그, 그래?"

이안이 어둠의 요새 콘텐츠를 깡그리 가져간 것이 아직도 믿기지 않는지, 두런두런 이야기를 하며 자리를 뜨지 못하는 1팀의 팀원들.

그런데 어쩐 일인지, 팀장인 김의환의 표정은 다른 팀원들만큼 어둡지 않았다.

오히려 그의 입가에는 약간의 미소(?)마저 떠올라 있었다.

"후후, 다들 너무 걱정이 많은 거 아냐?"

김의환의 이야기에 팀원들이 어이없는 표정이 되어 되물었다.

"아니, 그럼 이 상황에서 걱정이 안 되게 생겼습니까?"

"맞아요, 팀장님. 다음 보고 때 실장님한테 영혼까지 털릴 것 같은데…… 팀장님은 왜 이렇게 태평하세요?"

하지만 그런 이야기들에도 불구하고, 김의환은 손가락을 까딱이며 다시 입을 열었다.

"그런 일 없을 테니. 다들 걱정 말고 돌아가서 일이나 보도록."

"네……?"

"팀장님 대체 무슨 자신감……?"

"이럴 수도 있다고 생각해서, 미리 안전장치를 좀 숨겨 놨거든."

"오?"

"안전장치요?"

그리고 김의환의 그 자신만만한 이야기에 팀원들은 다시 그의 주변으로 몰려들었다. 김의환이 자신하는 그 안전장치(?)가 대체 뭔지, 너무도 궁금했기 때문이었다.

"역시 팀장님……!"

"휴, 십년감수했네."

"그 안전장치가 뭔데요?"

하지만 김의환이 이야기를 꺼내기 전까지도, 대부분의 팀원들은 반신반의할 수밖에 없었다.

애초에 이안이 세 권 이상의 고서를 얻을 수 없을 것이라 장담한 것도 김의환이었기 때문에, 구체적인 이야기를 듣기 전까지는 그의 안전장치라는 것을 전적으로 신뢰하긴 힘들었으니 말이다.

하여 김의환이 다시 입을 열기 시작하자, 팀원들은 그 어느 때보다 더욱 집중하여 그의 이야기를 듣기 시작하였다.

"원래 각각의 고서를 얻으면, 곧바로 해당 카테고리의 기초 스킬을 배울 수 있었던 건 다들 알고 있지?"

"그렇죠. 그걸 아니까 지금 이러고 있는 것 아닙니까."

옹기종기 모여 자신의 다음 이야기를 기다리는 팀원들을 한 차례 둘러본 김의환은 잠시 뜸을 들인 뒤 다시 입을 열었다.

"최종 기획안 올리기 전에 그 부분을 수정했었거든."

"수정이라면, 어떻게요……?"

"약간의 '조건'을 걸어 둔 거지."

"조건……?"

김의환은 씨익 웃으며 다시 말을 이었다.

"아티펙트 연성술의 경우, 대장장이 스킬 숙련도가 마스터 이상이 아니면 습득 불가능하게 변경했고…… 정령 연성술의 경우 '고대 정령술' 습득 조건. 마수 연성술의 경우, '고대 마수 소환술' 습득 조건을 걸어 놨지."

"오, 오오……!"

"물론 이안이 고대 정령술을 습득한 상태이니 정령 연성술은 배울 수 있겠지만, 아마 나머지 두 스킬은 배울 수 없을 거야."

김의환의 이야기를 듣던 대리 하나가, 뭔가 허점이 떠올랐는지 재빨리 덧붙여 물었다.

"대장장이 스킬이야 그렇다 치고. 마수 연성술은요? 이안 서브 클래스 중 하나가 마수 연성술사잖아요."

하지만 김의환은 여전히 태연한 표정으로 다시 입을 열었다.

"뭐 마수 연성 쪽으로 이안이 노가다를 더 한다면 충분히 '고대 마수 소환술'도 배울 수 있겠지만…… 그게 하루 이틀로 될 만한 수준은 아닐 테니까. 퀘스트가 전부 마계 쪽에 있으니, 리스크도 상당할 테고."

"아하……?"

"이안이 그거 하러 가서 시간 쓰고 있으면, 오히려 우리한 텐 시간을 버는 셈이지."

김의환의 이야기가 끝나자 기획팀원들의 표정은 한층 더 밝아졌다. 그가 이야기하는 안전장치가 팀원들의 생각보다 더 그럴싸한 것이었으니 말이다.

하지만 아직까지 모든 구멍(?)이 다 메워진 것은 아니었다.

"그렇다면, 팀장님."

"음?"

"이안이 이 고서들을 다른 유저에게 양도하거나 판매할 경우는요?"

"엇, 생각해 보니 그러네. 그럼 이안에게 콘텐츠가 집중되진 않겠지만, 결과적으로 콘텐츠 소모 속도는 똑같잖아요?"

팀원들의 의문에 김의환은 고개를 주억거렸다.

그들의 이 마지막 의문도 너무 당연한 것이었으니 말이다.

하지만 거기까지도 이미, 김의환이 생각해 봤던 범주 안쪽이었다.

"바보들. 당연히 계정 귀속이지."

"……!"

"판매, 양도, 드롭, 전부 다 불가야."

"……!"

"아마 떨어뜨리는 순간, 소멸될걸?"

이어서 김의환의 깔끔한 마무리에, 팀원들은 다시 눈이 휘둥그레질 수밖에 없었다.

"정말요?"

"우리 팀장님이 이렇게까지 꼼꼼했다고?"

"시끄러!"

그리고 팀원들의 놀란 표정을 본 김의환은 더욱 의기양양해졌다.

으쓱한 표정과 달리 속으로는 안도의 한숨을 내고 있었지만 말이다.

'휴, 그때 지찬이 말대로 안 해 뒀으면, 정말 끔찍할 뻔했어.'

사실 이 의견은 100% 김의환의 의견이 아닌 나지찬의 의견이 들어간 내용이었다.

그 때문에 기획서 초안을 올릴 때 나지찬을 한번 보여 줬던 것이 그로서는 정말 다행인 셈이었다.

'흐흐, 이안 이 녀석 성향상, 머리 좀 아프게 생겼군. 이거 완전히 계륵이니 말이야.'

그리고 여기까지 생각이 미친 김의환은 이번엔 이안을 떠올리며 히죽 웃었다.

새로운 콘텐츠에 대한 욕심이 그 누구보다 가득한 이안이라면 분명히 정령술을 제외한 다른 콘텐츠들도 포기하지 못할 것이고, 그것을 위해 움직이다 보면, 당연히 메인 에픽 퀘스트에는 소홀해질 수밖에 없는 것.

만약 이안이 반대의 스탠스를 택하여 에픽 퀘스트를 우선시한다면, 그 사이에 다른 마계 유저가 관련 퀘스트를 진행할 것이고, 그러면 적어도 이안의 독식을 막을 수 있는 것이니 이것도 나쁠 게 없는 것이다.

"좋아. 이제 그럼 다들 자리로 돌아가서 일 보라고. 야근 걱정은 접어 두시고 말이지."

"캬, 팀장님만 믿겠습니다."

"휴우, 십년감수했네."

하지만 지금 이 순간까지도 김의환이 생각지 못한 부분이 있었으니, 그것은 바로 이안의 창의성(?)이었다.

그리고 이안의 게임 이해도가 어지간한 기획자보다 더 높다는 것 또한, 김의환이 간과한 부분이라 할 수 있었다.

"잠깐 기다리시게."

"네?"

"내게도 시간이 좀 필요해서 말이지."

"시간이라면 어떤 시간을 말씀하시는지……."

"이 고서들을 자네에게 공유해 주려면, 필사를 해야 하지 않겠는가?"

"피, 필사요?"

"그럼 어떤 식으로 공유해 줄 줄 알았는가."

"그야 당연히 내용을 가르쳐 주실 줄……."

"나도 아직 연구 못 한 내용을 자네에게 어떻게 가르쳐 줘?"

"켁."

"어쨌든 필사해서 공유해 줄 테니, 조금만 기다리시게."

"알겠습니다, 지르딘 님."

한참 설레는 마음이던 이안은 지르딘의 이야기를 듣고 당황할 수밖에 없었다.

'뭐 이렇게 아날로그적이지?'

유저도 아니고 NPC인 지르딘이 실제로 연구실 책상에 앉아 황금서의 필사를 시작했으니 말이었다.

물론 적어 내려가는 속도가 비현실적으로 빠르긴 했으나, 어쨌든 생각지 못한 그림인 것만큼은 사실이었던 것.

슥ㅡ 스슥ㅡ.

그리고 어이없는 표정인 것은 이안의 옆에 있던 조나단 또한 마찬가지였다.

"쟤 진짜 책을 쓰고 있잖아?"

"그러니까…… 말이야."

"일단 앉아서 기다리면 되는 거지?"

"이, 일단은?"

하지만 이안의 당황은 거기서 끝이 아니었다.

지르딘으로부터 필사가 끝난(?) 고서를 먼저 한 권 받아 든 순간.

띠링—!

또다시 생각지 못했던 전개로 흘러가기 시작했으니 말이었다.

—'고대 아티펙트 연성술(사본)' 스킬 북을 획득하셨습니다.

'사, 사본? 이런 수식어는 처음 보는데…….'

—확인할 수 없는 아이템입니다.

"……?"

—사용할 수 없는 아이템입니다.

—원본이 아니므로, 스킬을 습득할 수 없습니다.

"이게 무슨……!"

기본적으로 아이템 정보 창조차 확인이 불가능한 데다, 너무도 스킬 북처럼 생긴(?) 아이템이 사용조차 할 수 없는 대상으로 인식되고 있었던 것.

하여 당황한 표정을 숨기지 못하는 이안을 향해, 조나단이 다시 입을 열었다.

"무슨 문제라도 있어?"

"아, 아니. 잠깐만. 후우……."

한차례 크게 심호흡한 이안은 침착한 표정으로 다시 책자를 열어 보았다.

혹시나 지르딘으로부터 받은 서적이 읽을 수 있는 종류의 책(?)인지 확인하기 위해서 말이다.

하지만 책자를 펼친 이안은 1초도 채 지나지 않아 곧바로 책장을 덮어 버릴 수밖에 없었다.

탁-!

책 안에는 이안이 전혀 이해할 수 없는 구불구불한 글씨만이 가득 차 있었으니 말이었다.

–ع ن ص ر ا ك ف ن ن ا م مط ط ر ف ت ي ك ا ط ق ت ع ر و ش س ے ع و ت ا ے ۔۔۔۔۔۔

"젠장."

"음? 왜 그래?"

"아, 아니야, 잠깐만."

이어서 조나단의 물음에 잠시 평정심을 잃을 뻔했던 이안은 차분히 머리를 굴려 보기 시작하였다.

'후, 조나단에게 큰 소리를 쳐 놨는데……. 침착하자, 박진성. 뭔가 숨겨진 단서가 분명히 있을 거야.'

사실 이안으로서는 당황하지 않으면 오히려 이상한 것이었다.

조나단에게 훨씬 큰 무언가(?)를 얻을 수 있게 해 주겠다고 큰소리 뻥뻥 치며 그의 히든 퀘스트까지 중단시켰는데 결과물이 이렇게 엉뚱하게 나왔으니, 순간적으로 머릿속이 뒤엉키는 것은 어쩔 수 없는 것이다.

'물론 신화 등급 초월 무기 하나 정도야 어떻게든 구해 줄 수 있겠지만…… 분명히 실망할 텐데…….'

하지만 금방 다시 평정심을 찾은 이안은 지르딘이 나머지 네 권의 고서를 전부 필사할 때까지 차분히 기다렸다.

그리고 모든 고서를 받은 뒤, 한 가지 사실을 추가적으로 깨달을 수 있었다.

스킬 북이 사용되지 않고 심지어 정보 창조차 확인할 수 없는 것이 어떤 기획 의도(?) 때문임을 말이었다.

"자, 이게 마지막일세."

"정령 연성술……이겠죠?"

"그렇다네."

"감사합니다, 지르딘."

띠링-!

-'고대 정령 연성술(사본)' 스킬 북을 획득하셨습니다.

-상위 카테고리인 '고대의 정령술'을 보유하였습니다.

-조건이 충족되었습니다.

-'고대 정령 연성술(사본)' 아이템을 사용할 수 있습니다.

적어도 이안이 가장 원했던 '고대의 정령 연성술'만큼은 습득이 가능했던 것.

"휴우."

그래서 이안은 안도의 한숨을 내쉴 수 있었다.

적어도 이렇게 힘들게 클리어한 퀘스트의 보상들이 단순한 종이 쪼가리는 아니라는 것이 증명되었으니 말이다.

'그렇다면 나머지 책자들도, 어떤 조건만 충족시키면 사용할 수 있다는 이야긴데……'

두 눈을 반짝이기 시작한 이안은 지르딘을 향해 다시 입을 열었다. 그러면 나머지 고서들을 습득하기 위한, 어떤 방법을 알고 있을 것이라 생각했으니 말이다.

"지르딘."

"음? 왜 그러지?"

"주신 책자들을 살펴봤는데……"

"그런데?"

"마지막에 주신 정령 연성술을 제외하고는 이해하기가 쉽지 않더군요."

이안의 이야기를 들은 지르딘은 살짝 놀란 표정이 되어 되물었다.

"그 말은…… 정령 연성술은 이해가 된다는 말인가?"

"네. 다행히도요."

"……그럴 수가!"

이안이 '고대의 정령술'을 이미 습득하고 있다는 사실이 지르딘으로서는 놀라운 일일 수밖에 없는 것이다.

하지만 지르딘이 놀랐다는 사실 따윈 안중에도 없는 이안은 곧바로 궁금한 부분을 물어보기 시작하였다.

"그래서 말인데…… 나머지 네 권의 고서를 이해하기 위해선 어떻게 해야 할까요?"

"흐흠……."

"나중에 지르딘 님의 연구가 끝나실 즈음해서, 다시 이곳으로 찾아오면 될까요?"

지르딘이 나머지 고서를 해석해 줄 수 있다고 생각한 것은 어쩌면 이안에겐 당연한 것이었다.

어차피 지르딘은 이 고서들을 연구할 것이라 하였고, 자신에게도 무척이나 호의적인 상황이었으니, 차후에 그에게 도움받을 수 있을 것이라 생각한 것이다.

하지만 이안의 기대와 다르게, 지르딘은 고개를 절레절레 저었다.

"아쉽지만 그것은…… 불가능한 일이라네, 이안."

"어……째서 그렇죠?"

"나야 이 다섯 권의 귀한 고서를 전부 구해 준 자네를 돕고 싶네만, 자네가 다시 이곳으로 돌아오는 일이 불가능할 테니 말이네."

"아……?"

"아마 다섯 권의 고서가 사라졌다는 사실을 안다면, 요새의 경비가 훨씬 더 삼엄해질 거야."

"그……렇군요."

"아무리 자네라 하더라도, 다시 이곳을 찾아오는 것은 불가능한 일이 될 테지."

"쩝……."

"뭐, 내 연구가 끝날 때까지 자네가 이곳에서 나가지 않고 기다려 준다면, 가능할지도 모르겠지만 말이야."

"그래요? 연구는 얼마나 걸리실 것 같은데요?"

"글쎄. 넉넉잡아 10년 정도……?"

"후……."

그러나 지르딘의 부정적인 답변에도, 이안은 전혀 당황하지 않았다.

이 비슷한 답변이 나올 것을 대비해서, 생각해 뒀던 질문이 하나 더 있었으니 말이다.

"그럼 지르딘 님."

"이야기하시게."

"지르딘 님의 도움 없이, 제가 나머지 네 권의 고서를 연구할 수 있는 방법은 없을까요?"

"연구할 수 있는 방법이라……."

"제가 '정령 연성술'을 이해할 수 있었던 것처럼 말이지요."

이안의 물음에, 지르딘은 뭔가를 생각하는 듯 잠시 두 눈을 감았다.

이어서 주름진 두 눈을 지그시 감은 채, 천천히 다시 입을 열었다.

"당연히 방법이야 없지 않다네."

"……!"

"모든 학문은 결국 만류귀종. 그것은 기계공학이나 연금술 또한 다르지 않기 때문이지."

"그게 무슨 말씀이신지……?"

이해하기 힘든 지르딘의 말에 이안은 잠시 눈을 끔뻑였다.

나머지 네 권을 해석하려면 어찌해야 하는지 물어보는 와중에 뜬금없이 만류귀종이라는 단어를 꺼내니, 무슨 말을 하려는 것인지 전혀 감이 오질 않았던 것이다.

하지만 지르딘의 말이 이어지자, 이안은 곧 그 단어의 의

미를 깨달을 수 있었다.

"자네가 정령술에 통달하여 그 연성술을 곧바로 이해할 수 있었듯…… 나머지 네 권의 고서 또한, 해당 학문에 통달하면 이해해 낼 수 있을 것이라는 이야기를 하는 걸세."

"토, 통달…… 요?"

"최소 마스터에 가까운 경지. 그것을 말하는 것일세."

지르딘의 이야기를 듣던 이안의 머릿속에 문득 정령 연성술 서책을 받는 순간 나타났던 시스템 메시지가 떠올랐다.

'고대의 정령술이 상위 카테고리라 했고, 그게 있어서 연성술을 배울 수 있었던 것일 테니…… 그렇다면 나머지 책자들도……?'

지금 이안이 습득하고 싶은 책자는 고대의 마수 연성술과 고대의 아티펙트 연성술이었다.

그리고 여기까지 생각이 미치자, 이안은 얼추 추측을 해 볼 수 있었다.

'통달이라면 숙련도가 마스터 단계가 된 것을 얘기하는 것일 테고.'

이안의 머리가 팽팽 회전하기 시작하였다.

'아티펙트 연성술부터 생각해 보면…… 대장장이 기술을 마스터하거나, 고대의 대장 기술을 연마해야 하는 걸까?'

완벽히 알아낼 수는 없었지만 지금까지 드러난 단서들을 조합해 봤을 때, 얼추 그림을 그려 볼 수 있었던 것이다.

'마수 연성술 쪽이야 당연히 그쪽 마스터 클래스까지 도달해야 할 테고…… 그렇다면 이쪽이 나한텐 조금 더 쉬우려나?'

하여 대략적으로 머릿속을 정리한 이안은 지르딘을 향해 이것저것 추가로 물어보기 시작하였다.

그리고 모든 질문이 끝났을 때.

'그래. 이러면 되겠어.'

어떤 결론을 떠올려 낸 이안의 입꼬리가 슬쩍 말려 올라가기 시작하였다.

어둠의 요새에서 빠져나오는 것은 예상했던 것보다 쉽지 않은 일이었다.

경비가 삼엄해져서인지, 처음 요새 안에 등장하던 기계 괴수들보다 훨씬 더 강력한 몬스터들이 곳곳에 포진해 있었으니 말이다.

하지만 결국 문지기 보스들에 비하면 훨씬 더 약한 몬스터들인 것이 사실이었고, 해서 이안과 조나단은 결국 무사히 요새 바깥으로 빠져나올 수 있었다.

"후우, 드디어 밖이군."

"그러게."

"암살자로 전직한 뒤로, 밝은 곳이 이렇게 반가운 날이 올 줄은 몰랐군."

조나단의 이야기에 이안은 피식 웃을 수밖에 없었다.

대부분의 고유 능력들이 어두운 맵에서 강력한 위력을 발휘하는 것이 암살자 클래스였고, 이안 또한 그 사실을 잘 알고 있었기 때문에, 조나단의 농담을 이해할 수 있었던 것이다.

"뭐, 그래도 재미는 충분히 봤잖아?"

"재미는 개뿔."

"보스 잡고 나온 잡템들만 해도, 꽤 쏠쏠했던 걸로 기억하는데?"

이안의 천연덕스런 반문에, 조나단은 어이없는 표정이 되었다.

"시끄럽고, 이제 약속했던 부분이나 한번 얘기해 보도록 하자고."

"약속했던 부분?"

"그래."

"으음……."

"설마, 기억이 나지 않는다고 할 셈은 아니겠지? 이안이라는 이름까지 걸어 놓고 말이야."

조나단의 이야기에 이안은 어깨를 으쓱거리며 능청스런 표정을 지었다.

하지만 그렇다고 해서 조나단과의 약속을 어길 생각은 당연히 아니었다.

이안이 그렇게 파렴치한(?) 유저도 아니었을뿐더러, 이안이라는 이름이 이제는 단순히 그 혼자만의 것이 아니었으니 말이다.

만약 이안이 자신의 이름을 걸고 사기(?)를 치고 다닌다면, 길드 차원은 물론 국가 차원에서까지 큰 이미지 손실을 보게 될 것이었다.

"당연하지. 설마, 내가 약속을 어기겠어?"

"후후."

조나단은 두 눈을 반짝이며, 이안을 응시하였다.

그가 자신에게 얼마나 큰 보상을 주려는 것인지, 여러 면에서 기대되었으니 말이다.

'퀘스트로 얻은 서책들로…… 뭔가를 해 주려는 건가? 아니면 정말 신화 등급의 초월 무기보다 더 값진 물건을 줄 수 있다는 건가?'

조나단이 머릿속으로 이런저런 생각을 떠올리는 동안, 이안은 인벤토리를 뒤지기 시작하였다.

신화 등급의 초월 무기에 뒤지지 않을 정도로 값진 아이템이라면, 이안조차도 몇 개 보유하고 있지 않았으니 말이다.

이어서 잠시 후.

스윽-.

인벤토리에서 무언가를 꺼내 든 이안은, 그것의 정보 창을 조나단에게 슬쩍 공유하였다.

　　그리고 그것을 확인한 조나단은 두 눈이 휘둥그레질 수밖에 없었다.

　　"이, 이건……!"

　　"자, 어때."

　　"이걸 네가 어떻게 갖고 있는 거지?"

　　"이 정도면 네 원래 퀘스트 보상과 비교해도 전혀 부족하지 않은 아이템이지?"

　　"이 정도면…… 충분히 그렇게 이야기할 수 있겠군."

　　이안이 꺼내 든 것은 다름 아닌, 세계 랭커 암살자인 '요르간드'의 단검이었던 것.

　　과거 이안이 다크블러드의 기사단을 전멸시키고 주워 뒀던, 신화 등급의 초월 무기였던 것이다.

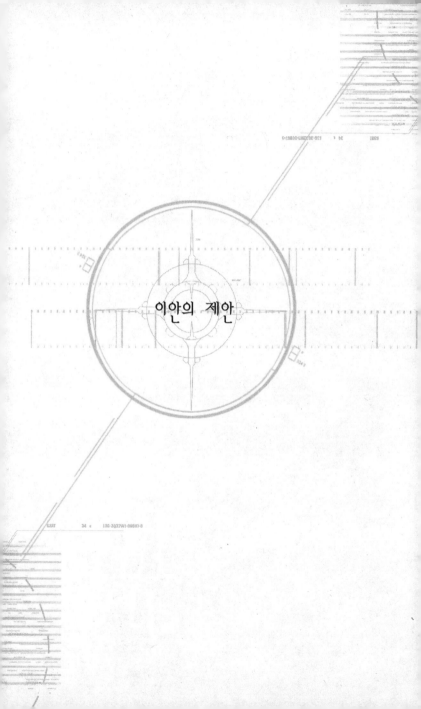

이안의 제안

Taming
Master

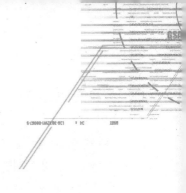

　요르간드의 단검은 그가 명계에서 에픽 히든 퀘스트를 클리어하고 얻은 최상급의 초월 무기였다.

　바로 엘라시움의 유적 중 한 곳인, '파괴자의 유적'을 클리어하고 얻은 '파괴자의 단검'이었던 것.

　이것은 이안이 가지고 있는 심판 검과 비교해도, 크게 꿀리지 않는 수준의 무기였고, 때문에 조나단의 퀘스트 보상과 비교하더라도 오히려 더 좋은 것이 사실이었다.

　물론 이 무기가 요르간드가 가졌던 물건이라는 사실까지는 조나단이 알 수 없는 것이었다.

　요르간드가 자신의 무기를, 공개적으로 자랑한 적이 있을 리 없었으니 말이다.

하지만 그런 부분은 차치하고라도, 조나단은 놀랄 수밖에 없었다.

대체 이런 최상급의 신화 등급 초월 단검이, 어째서 이안의 손에 있는지 이해할 수 없었으니 말이다.

'게다가 대충 봐도 마계 진영의 무기같은데…… 이걸 어떻게 구한 거지, 이 괴물 자식은……?'

이안의 손에 들려 있는 '파괴자의 단검'을 다시 응시한 조나단은 마른침을 꿀꺽 삼키며 손을 뻗었다.

이것이라면 피 말라 가며 고생한 한나절의 시간이, 충분히 보상될 수 있었으니 말이다.

하지만 바로 그때.

척-!

조나단은 당황할 수밖에 없었다.

"……?"

그를 향해 내밀었던 단검을 이안이 다시 거둬들였으니 말이다.

"뭐지? 지금 놀리는 건가?"

살짝 노기 어린 조나단의 목소리에 이안이 고개를 저으며 다시 입을 열었다.

"설마, 그럴 리가."

"……?"

"내가 그렇게 쪼잔한 놈은 아니라고."

이안의 능청스런 말에, 조나단이 어이없는 표정으로 다시
물었다.

"그럼 그걸 왜 다시 거둬 가는 거지?"

"그 이유야 간단해."

"……?"

"지금 네게, 선택권을 한 번 더 주려고 하거든."

"선택권……이라고?"

"그래. 선택권."

꿀꺽-!

장난기가 어려 있긴 하지만 제법 진지한 이안의 제안에,
조나단은 마른침을 꿀꺽 집어삼켰고, 이안의 말이 다시 이어
졌다.

"말 그대로 네게 선택의 권한을 주는 거야."

"어떤 선택이지?"

"이 파괴자의 단검에 만족하고 여기서 나랑 헤어지거나."

"……!"

"아니면 내 새로운 제안을 한번 들어 보거나."

이안의 이야기를 들은 조나단은 잠시 멈칫할 수밖에 없었
다.

뭔가 이안에게 말려들고 있다는 느낌은 지울 수 없었지만,
그렇다 하더라도 이안이 무슨 제안을 할지 궁금한 것은 사실
이었으니 말이다.

"제안을 들어 본다고 해서, 파괴자의 단검을 선택할 선택권이 사라지는 건 아니겠지?"

"그야 물론이지."

"그렇다면…… 한번 들어 보기나 하자고."

조나단의 대답을 들은 이안은 한쪽 입꼬리를 씨익 말아 올렸다. 이어서 은근한 목소리로 천천히 다시 입을 열기 시작하였다.

그리고 조나단은 다시, 이안의 '늪'에 빠질 수밖에 없었다.

이안의 제안은 간단했다.

하지만 결코 거부할 수 없는 것이었다.

"나 대신 퀘스트를 하나 해 줘."

"퀘스트……?"

"간단한 퀘스트야."

"……?"

"이 마력 차단장치를 가지고 정령계로 가서, 샤이야 봉우리의 '마력 환원장치'를 해제해 주면 돼. 물론 나랑 파티인 상태로 말이지."

처음 이안의 이야기를 들었을 때, 조나단은 다시 어이없는 표정이 될 수밖에 없었다.

파괴자의 단검보다 더 매력적인 무언가를 제시할 것이라 기대했는데, 뜬금 없이 심부름(?)을 시키니, 이해할 수가 없었던 것이다.

"그걸…… 내가 왜 해야 하지?"

하지만 당연히, 이안의 이야기는 거기서 끝이 아니었다.

"그거, 무려 정령계 메인 에픽 퀘스트라고."

"……?"

"물론 파티 상태로 클리어하면…… 내가 지금까지 해 둔 게 있어서 보상이 나뉘긴 하겠지. 하지만 거의 다 된 밥에 숟갈만 얹는 기분일걸?"

"흐으음……."

"명성만 최소 5만 이상은 당겨 갈 수 있을 텐데."

"확실히 괜찮은 제안이기는 한데, 그래도 이해할 수 없군."

"뭐를?"

"아무리 생각해 봐도, 파괴자의 단검보다 나은 조건인지는 잘 모르겠어서 말이지."

조나단의 말에, 이안이 씨익 웃으며 한마디를 덧붙였다.

"아, 내가 한 가지 빼먹은 말이 있었네."

"응……?"

"이 선택지를 네가 선택한다 해도, 파괴자의 단검은 얹어 주는 거야."

"……?"

"단, 네가 이 퀘스트를 성공적으로 클리어해 줬을 때의 이야기겠지만 말이지."

쉽게 말해 이안의 제안은 거부할 이유가 전혀 없는 제안이었다.

조금 마음에 걸리는 부분이라면 퀘스트의 난이도였는데, 그 마저도 이안이 어려운 부분은 전부 클리어해 둔 상태였으니.

꿩 먹고 알 먹는 격인 이 제안을 조나단으로서는 받아들이지 않을 수 없었던 것이다.

그 때문에 잠시 말을 잃었던 조나단은, 의아한 표정으로 이안을 향해 물었다.

이쯤 되자 조나단은, 이안이 왜 이런 제안을 하는 것인지 의아해졌으니 말이었다.

"내가 이 제안을 받아들였을 때, 네가 얻을 수 있는 건 뭐지?"

그리고 조나단의 질문에 대한 이안의 대답은, 무척이나 간단한 것이었다.

"시간."

"……?"

"다른 걸 할 수 있는, 소중한 시간을 얻을 수 있지."

"그게 무슨……."

"아무튼, 할 거야 말 거야. 그거나 결정해."

"……!"

"나 갈 길이 좀 바쁘거든."

너무도 당연한 이야기였지만, 조나단은 이안의 제안을 수락할 수밖에 없었다.

파괴자의 단검에 정령계 메인 스토리의 에픽 퀘스트 공유까지.

조나단이 아니라 누가 보더라도 군침이 흐를 수밖에 없는 제안이었으니 말이다.

"좋아. 그럼 제안은 받도록 하지."

"굿. 잘 생각했어."

하여 제안을 수락한 조나단은 마지막으로 궁금한 것을 한 가지 물어보았다.

"그런데 어차피 줄 거면, 파괴의 단검은 왜 미리 주지 않는 거지?"

"음?"

"그게 있으면 퀘스트 진행이 더 수월할 텐데 말이지."

그리고 이안은 그 마지막 의문점에도, 아주 깔끔하고 명쾌한 답을 내어놓았다.

"그건 일종의 보험. 그리고 동기부여 같은 거야."

"……!"

"물론 네가 파티 끊고 혼자 퀘스트를 꿀꺽해 버릴 양아치는 아니겠지만. 그래도 안전해서 나쁠 건 없잖아?"

"후우, 날 어떻게 보고…….."

"그리고 이 단검을 빨리 써 보고 싶어서라도, 퀘스트를 빨리 클리어해 주겠지."

"그건…… 부인할 수 없군."

이안의 깔끔한 설명에 저도 모르게 수긍해 버린 조나단.

"그러니까 빨리 출발하시라고."

"알겠다. 금방 돌아오도록 하지."

그렇게 이안과 조나단의 두 번째 계약(?)은 결국 성사되고야 말았다.

사실 이안이 조나단에게 굳이 '심부름'을 시킨 데에는, 복합적인 이유가 있었다.

결과적으론 조나단에게 이야기했던 대로 '시간'을 벌기 위한 선택이 맞았지만, 그 안에는 더 복잡한 이유가 숨어 있었던 것이다.

'에픽 퀘스트도, 신규 콘텐츠도. 전부 다 놓칠 수 없었으니까.'

그리고 이안이 이러한 선택을 하게 된 결정적인 이유는 '고대 정령 연성술(사본)' 아이템을 사용한 뒤 떠올랐던 시스템 메시지 때문이었다.

띠링-!

-'고대 정령 연성술(사본)' 아이템을 사용하셨습니다.

-'고대의 정령 연성술'을 습득하셨습니다!

-'고대의 정령 연성술' Lv 1/숙련도 0%

-'고대의 정령 연성술'의 기본 스킬인 '원소 연성' 고유 능력을 습득 하셨습니다.

-'고대의 정령 연성술'의 기본 스킬인 '정령력 부여' 고유 능력을 습 득하셨습니다.

······중략······

-고대의 실전된 연성술을 성공적으로 습득하셨습니다!

-고대 연성술의 전승자가 되셨습니다.

-이제부터 '고대의 정령 연성술'은 어떤 유저든 같은 경로의 습득이 불가능해집니다.


조나단이 있던 자리에서 티를 내지는 않았지만, 이안의 머 릿속을 가장 복잡하게 했던 것은 바로 이 메시지였다.

'이거…… 독점 콘텐츠였잖아?'

카일란의 퀘스트 중에서, 가장 희소성이 높은 콘텐츠인 독 점 콘텐츠.

누군가 한 명이 차지하면 다시는 누구도 해당 보상을 얻을 수 없는 구조인 독점 콘텐츠가, 바로 이 연성술 콘텐츠였던 것이다.

'하…… 하필 왜 이런 타이밍에…….'

물론 어둠의 요새 퀘스트가 아닌 다른 루트를 탄다면, 분명 다른 유저도 연성술을 배울 수 있을 것이다.

하지만 문제는 다른 게 아니었다.

이안이 힘들게 얻어 낸 나머지 두 가지의 연성술들.

고대 아티펙트 연성술과 고대 마수 연성술 책자가, 자칫 잘못하면 사용할 수 없는 애물단지가 되어 버릴지도 모른다는 게 가장 큰 문제였다.

이안이 정령계 메인 퀘스트에 발목 잡혀 있는 동안 다른 마족 유저가 어둠의 요새 퀘스트를 발견한다면, 이안이 책자를 습득하기 전에, 그쪽으로 콘텐츠를 빼앗길 위험이 생긴 것이다.

그렇다고 성령계의 메인 퀘스트를 미뤄 두는 것 또한 불가능했다.

이안이 진행 중인 에픽 퀘스트는 차원 전쟁이 기계 문명의 승리로 끝나는 순간 전부 도루묵이 되어 버릴 퀘스트들이었고.

그 때문에 다른 연성술들이 아깝다고 해서, 정령계 퀘스트를 미뤄 둘 수도 없는 것이다.

만약 조나단이 이러한 이안의 내부 사정(?)을 알았더라면 욕심쟁이라고 욕을 퍼부었겠지만, 그런 것이 이안에게 중요할 리 없었다.

게임 콘텐츠에 한해서라면, 이안은 말 그대로…… 탐욕 덩어리 그 자체였으니 말이었다.

게다가 한 가지 더.

샤이야 산맥에 포진한 어둠의 군단의 감시를 뚫고 마력 환원장치를 해체하러 가는 임무 자체도, 결과적으로 보면 조나단에게 무척이나 어울리는 심부름(?)이었다.

암살자의 클래스 특성상, 어쩌면 이안보다도 더 깔끔하고 완벽하게 퀘스트를 수행할 수 있는 인물이 조나단인 것이다.

"후후, 아주 만족스런 선택이었어. 이 정도면 시간은 충분히 벌었겠지."

하지만 그렇다고 해도, 이것으로 콘텐츠를 독식하기 위한 모든 조건이 충족된 것은 아니었다.

이안에게는 마지막으로 넘어야 할 산이, 하나 더 남아있었으니 말이다.

결국 가장 큰 문제는 어떻게 나머지 두 연성술을 성공적으로 습득해 내느냐 하는 것.

마수 연성술이야 시간을 번 것으로 어떻게 해 본다고 해도, 사실 아티펙트 연성술은 시간 좀 벌었다고 이안이 배워낼 수 있는 스킬이 아니었으니 말이다.

"계정 귀속에 독점 콘텐츠 제한까지 걸어 둔 걸 보면……. 분명히 한 명이 전부 가지는 걸 방지하려는 기획 의도인 것 같지만……."

두 권의 연성술 사본을 번갈아 살펴본 이안은 씨익 웃으며 인벤토리에서 마법 스크롤을 꺼내었다.

그것은 바로 길드 거점으로 복귀할 때 쓰는 순간 이동 귀환 스크롤.

이안은 망설임 없이 그것을 찢어, 귀환 마법을 발동시켰다.

우웅- 우우웅-!

"오랜만에 한을 찾아가야겠군. 지금쯤 길드 대장간에서 작업 중이겠지?"

계정 귀속 아이템은 유저끼리 거래가 불가능하며 NPC에게 양도하는 것 또한 불가능하다.

하지만 양도 가능한 단 하나의 케이스가 있었는데, 그것은 바로 개인에 귀속된 '가신'이었다.

길드와 연관되어 있지 않은 개인 귀속 가신에게는 계정 귀속 아이템을 양도할 수 있었던 것이다.

그리고 이안에게는 어지간한 대장장이 유저 이상으로 뛰어난 대장 실력을 가진 아이언 드워프.

'우르크 한'이 개인 가신으로 오랜 시간 함께하고 있었다.

"한이라면 충분히 이걸 배울 수 있겠지. 후후, 한에게 이걸 넘겨준 뒤에, 바로 마계로 넘어가야겠어."

누군가(?) 들었더라면 뒷목 잡고 쓰러졌을 이야기를 중얼거린 이안은 그대로 귀환하여 길드 거점으로 이동하였다.

그리고 그것은 그 누군가에게 재앙과도 같은 일이라고 할
수 있었다.

처음 마계 콘텐츠가 유입되고 '마계'라는 차원계가 유저들
에게 오픈되었을 때, 마계는 무척이나 황량하고 황폐한 곳이
었다.

마계 대부분의 구역이 주요 도시 몇 군데를 제외하고는,
거의 마수들만 득실거리는 사냥터에 가까운 곳이었으니 말
이다.

하지만 그로부터 몇 년이 지난 지금.

마계는 예전과 완전히 다른 모습이 되어 있었다.

수많은 유저들이 유입되면서, 거의 야생에 가까웠던 지역
들이 많이 개척된 것이다.

각 구역의 개척 가능한 대지에는 대부분 새로운 마을이나
도시가 들어와 있었고, 콘텐츠 업데이트를 통해 추가된 새로
운 구조물들도 많이 생긴 것.

그리고 그것은 마계 107구역 또한 마찬가지였다.

과거에는 '세르비안의 연구소'를 제외하고는 황무지나 다
름없던 이곳에, 어느덧 마수 소환술사들을 중심으로 한 커다
란 소환술사의 도시가 생겨 있었던 것이다.

그리고 그 도시의 중심에는 한결같이 마수 연성을 연구 중인 '세르비안'이 자리를 지키고 있었다.

부글부글-.

치이이익-!

처음 이안이 발견했을 때보다 거의 10배는 커져 버린 세르비안의 연구실.

그곳에는 세르비안과 그의 수많은 제자들이 새로운 마수 연성 연구에 열을 올리고 있었다.

"아니, 이 레시피는 지난번에 실패했던 조합식이잖아!"

"앗! 그, 그랬던가요?"

"하아…… 쓸데없는 데다 아까운 재료들만 날려 버리다니…… 정신 못 차려?"

"죄, 죄송합니다, 스승님."

이안이 중간계의 콘텐츠를 진행하느라 마수 연성에 소홀했던 동안, '마수 연성술'이라는 학문 자체도 많은 발전을 거듭했다.

물론 전설 등급 이상의 희귀도 높은 개체가 필요한 고급 연성술의 발전이야 한계가 있었지만.

낮은 단계의 연성술에서 훨씬 더 다양한 조합식과 기술들이 발전한 것이다.

그러다 보니 히든 클래스인 '마수 연성술사'가 되기 위해, 세르비안의 연구소에 찾아오는 유저들도 더 많아질 수밖에 없었던 것.

하지만 당연히, 세르비안을 찾아온다고 해서 마수 연성술 사라는 히든 클래스를 바로 얻을 수 있는 것은 아니었다.

일단 세르비안은 어지간해서는 제자로 받아 주지도 않았을 뿐더러, 제자가 된다 하더라도 실제로 마수 연성술사로 전직 하는 데까지는 어마어마한 노가다가 필요했으니 말이다.

쉽게 말해 근성과 노가다로 똘똘 뭉친 하드 유저가 아니고 서는 방법을 알면서도 전직할 수 없는 클래스가 바로 마수 연성술사였다.

"에잉, 오늘도 별다른 성과는 없겠군."

"조금만 기다려 주십시오, 스승님! 제가 이번에는 반드 시……!"

"시끄럽다, 이놈! 말만 말고 결과를 가져오란 말이다, 결 과를!"

"크흑……."

"휘유, 모자란 놈들……."

세르비안은 자신의 기준에 한참 못 미치는 제자들을 슥 둘 러보고는 절레절레 고개를 저으며 연구실을 빠져나왔다.

지금까지 마수 연성술을 가르친 수많은 제자들 중, 그의 마음에 완벽히 차는 제자는 단 한 명뿐이었다.

'오늘따라 이안이 보고 싶어지는군.'

사실 세르비안은 이제, 이안을 '제자'라고 생각지도 않았다.

　사실상 이안은 그와 마수 연성 연구를 함께하는 동료 연구가에 가까운 느낌이었으니 말이다.

　물론 최근에는 홀로 고독한(?) 연구를 하고 있었지만, 그렇기에 이안이 더욱 보고 싶은 세르비안이었다.

　이안에게 자랑하고 싶은 연구 성과물도 많았으며, 조언받고 싶은 연구거리도 무척이나 많았으니까.

　'중간자가 되었다더니, 해야 할 일이 무척이나 많은가 보군. 한번 오면 내가 그간 연구한 연성술의 진수를…… 녀석에게 보여 줄 수 있을 텐데 말이지.'

　잠시 이안을 떠올린 세르비안은 너털걸음으로 어디론가 향하기 시작하였다.

　그가 향하는 곳은 다름 아닌 107구역의 용병 길드.

　새롭게 연성의 재료로 쓰기 위한 마수들을 확보하기 위해, 용병 길드에 의뢰를 하려는 것이다.

　하지만 연구소를 나서던 세르비안은 잠시 후 걸음을 멈출 수밖에 없었다.

　"……!"

　한숨만 푹푹 쉬며 걸음을 옮기던 그의 눈에, 무척이나 낯익은 남자의 모습이 들어왔으니 말이었다.

　"자, 자네……!"

　붉은 망토와 더불어 흔해 빠진 마족들의 장비를 꼼꼼하게 걸치고 있었지만, 세르비안은 한눈에 남자의 정체를 알아볼 수 있었다.

그가 인정하는 유일한 연성술 연구가이자, 그가 제자로 받았던 유일한 '반마半魔'.

이어서 남자의 목소리를 들은 순간.

"오랜만입니다, 세르비안."

세르비안은 감격하지 않을 수 없었다.

"정말 자네로구먼! 이안! 자네였어!"

한달음에 뛰어가 이안의 손을 덥석 잡은 세르비안은 곧바로 그의 손을 연구실 안으로 이끌었다.

방금 전까지 가지고 있던 용병 길드에 가려던 계획은 이미 머릿속에서 지워진 상태였다.

"얼른 들어오시게, 이안."

"하하, 오랜만에 뵈니 너무 반갑네요."

"반갑다마다. 그동안 대체 뭘 하느라 이렇게 뜸했던 건가?"

"중간계를 여행하면서…… 많은 일이 있었습니다."

"역시 그랬군. 중간자에게는 항상, 권한보다 훨씬 더 커다란 책임을 동반하는 법이지."

연구실로 다시 들어가는 그 짧은 시간에도, 세르비안은 쉬지 않고 이야기하였다.

"어쨌든 마침 잘 왔네, 이안. 그렇지 않아도 자네가 보고 싶던 참이었거든."

"하하, 제가 말입니까?"

"그래. 그동안 연구 성과를 알아줄 사람이 없어서, 너무 근질거렸거든."

순식간에 이안을 개인 연구실까지 끌고 들어간 세르비안은 아예 문까지 닫아 버리고 이안의 앞에 자리 잡았다.

그리고 그런 그의 모습을 본 이안은 알 수 없는 위기감에 식은땀이 흘렀지만, 내색은 할 수 없었다.

'이 아재…… 최소 1시간은 날 붙잡고 얘기만 할 것 같은데.'

한시가 바쁜 타이밍에 세르비안의 수다를 들어주는 것은 쉽지 않은 일이었지만, 그래도 이안은 그의 말을 끊을 생각이 없었다.

세르비안의 수다는 사실 이안이 올려놓은 과도한 친밀도(?) 때문에 생긴 필연적인 상황이었고, 지금 이안에게는 그 과도한 친밀도가 무척이나 필요한 상황이었으니 말이다.

'고대 마수 연성술을 습득하려면…… 세르비안에게서 뭔가를 얻어 내야 하니까.'

하여 이안은 즐거운 마음으로 세르비안과의 수다를 시작하였다.

사실 세르비안과의 대화 자체는 생각보다 재밌는 편이었으니, 시간이 촉박한 상황만 아니었다면 나쁠 것도 없었다.

그리고 그렇게 오랜만에 만난 두 사제는 골방(?)에 틀어박

테이밍마스터

혀 회포를 풀기 시작하였다.

카일란에는 수많은 히든 클래스가 있다.

그 때문에 히든 클래스라고 해서, 항상 모두의 워너비라고 할 수는 없었다.

당연히 기본 클래스에 비해서는 장점을 가지고 있는 것이 히든 클래스였으나, 그 콘셉트와 방향성이 유저의 플레이 스타일과 맞지 않는다면 그렇게 매력적이지 않을 수도 있었으니 말이다.

그리고 그런 의미에서 마수 연성술사는 마이너한 히든 클래스 중 하나였다.

처음 이안이 마수 연성술사로 알려지고 그가 연성해 낸 강력한 마수들이 유저들에게 공개되면서, 정말 많은 유저들이 세르비안의 연구소에 문을 두들겼지만.

노가다의 압박을 이기지 못하고 포기한 유저가 그들 중 대부분이었으니 말이다.

그런데 여기서, 재밌는 사실이 한 가지 더 있었다.

그것은 바로 마수 연성술사라는 클래스가 한국에서 특히 더 마이너 클래스로 꼽히며, 그 이유가 다름 아닌 이안에게 있다는 점이었다.

한국 서버에 마수 연성술사라는 히든 클래스를 부여할 수 있는 유일한 NPC인 세르비안의 첫 번째 제자가 이안이었고.

첫 제자인 그가 보여 준 노가다의 수준이 어쩌다 보니 세르비안을 만족시킬 수 있는 지표가 되어 버린 것이다.

사실상 이안의 근성과 노가다는 끈기를 넘어 재능의 영역이라 할 정도로 엄청난 수준이었고.

어찌 보면 평범한(?) 유저들이 이안의 노가다를 따라갈 수 있을 리 만무했으니.

마수 연성술사가 한국 서버에서 더욱 마이너한 클래스가 된 것은 어찌 보면 당연한 수순이었던 것이다.

가끔 가다가 이안에 근접할 정도로 근성 있는 유저가 한 번씩 나오긴 했지만, 그들 또한 세르비안을 완전히 만족시키지는 못하였다.

세르비안을 만족시키려면, 근성뿐만 아니라 연성술에 대한 이해도 또한 이안의 수준이어야 했으니 말이다.

그래서 아이러니하게도 한국 서버에는 최상위 랭커급의 마수 연성술사가 단 한 명도 존재하지 않았고, 세르비안이 이안을 그토록 기다려 왔던 이유도 사실 여기에 있었다.

"하, 그러니까 이놈들이. 매번 게으름을 부리지 뭔가."

"게으름요?"

"그렇다니까. 고작 마수 포획 1,000번 정도 하고는 지쳐서 쉬러 간다지 뭔가."

"하, 근성이 없네요, 요즘 친구들은."

"내 말이!"

하여 세르비안의 한탄에 가까운 이야기들은, 이안이 생각했던 것보다 훨씬 더 길어졌다.

정말 오랜만에 절친한 친구를 만나기라도 한 듯, 끊임없이 이야기를 계속한 것이다.

하지만 그 이야기 속에서 이안은 생각지도 못했던 정보들을 얻을 수 있었다.

"그런데 말일세, 이안. 내가 또 재밌는 이야기를 하나 해 주겠네."

"말씀하시죠."

"사실 얼마 전에, 중간계에 있는 마수 연성 협회에 다녀왔다네."

"마수 연성…… 협회요? 그런 곳도 생겼나요?"

"각 차원계에서 각자 마수 연성을 연구하던 수많은 연성술사들 중…… 중간자의 위격을 가진 연구가들이, 정보 공유를 위해 중간계에 만든 협회라네."

"아하."

'협회라고? 아마 각 서버에 흩어져 있는 마수 연성술사들이 중간계에 모여서 만든 곳인 것 같은데…….'

지금까지 단 한 번도 들어 보지 못했던, 완전히 새로운 개념의 콘텐츠에 대한 이야기를 듣게 된 것이다.

"그리고 그곳에 가서 나는 적잖이 충격을 받을 수밖에 없었다네."

"왜요?"

"그곳에는 나만큼. 아니 그 이상으로 연성술에 대해 깊게 연구한 연구가들이, 무척이나 많았거든."

"오호, 그랬군요."

처음 이 협회에 대한 이야기를 들었을 때, 이안은 그렇게 깊게 생각하진 않았다.

흥미롭다는 생각은 하였지만 거기까지였던 것이다.

하지만 세르비안과의 모든 이야기가 끝날 무렵, 이안은 생각이 달라질 수밖에 없었다.

"자네 지금, 고대의 마수 연성술이라고 했나……?"

"그렇습니다, 세르비안."

"그러니까 자네의 이야기는 그 고대의 연성술이 담긴 책자를 손에 넣었고……. 그것을 습득할 방법을 알고 싶다는 이야기지?"

"바로 그거죠."

이안이 방문한 목적을 슬쩍 꺼내기 시작하자, 또 다른 방향으로 대화가 흘러가기 시작했으니 말이다.

"정말 신기하구먼그래."

"예?"

"사실 지난번 협회에 갔을 때, 고대의 연성술에 대한 이야기도 들었었거든."

"……?"

"'엘딘'이라고 했던가……? 어떤 다른 차원계의 친구가 그에 대한 이야기를 꺼내서 말이지."

"그게 어떤…… 이야기였나요?"

"나도 잘 모르는 분야라서 정확히 기억은 안 나네만, 원한다면 협회가 있는 곳을 알려 주도록 하겠네."

"……!"

"그곳에 방문한다면, 자네가 원하는 정보를 얻을 수 있을지도 모르겠어."

이안이 흥미를 갖는 듯 보이자, 세르비안은 협회에 대한 이야기를 더 구체적으로 해 주었고.

그의 이야기가 이어질수록, 듣던 이안의 두 눈은 점점 더 크게 확대되기 시작하였다.

소환술사 세계 랭킹 1위는 이안이다.

인간 진영과 마족 진영을 통틀어, 그것은 명실공이 사실이며, 이제는 그 누구도 부인할 수 없는 절대명제였다.

영국 서버의 소환술사 톱 랭커인 엘딘 또한, 그 부분에 대해서는 전혀 이견이 없었다.

하지만 그에게는 '마수 소환술사'로서의 커다란 자부심이 하나 있었으니.

소환술사 랭킹과 별개로 '마수'의 카테고리 안에서만큼은 전 세계에서 가장 뛰어난 전문가가 바로 그 자신이라는 것이었다.

'이안이라 해도 마수에 대한 지식만큼은 아마 한 수 접어 줘야 할 테지.'

그리고 그것은 근거 없는 자신감이 아니었다.

전설 등급의 마수를 최초로 연성한 것은 그가 아니었지만, 신화 등급의 마수 최초 연성 업적을 달성한 인물이 바로 그였으니 말이다.

게다가 중간계에 존재하는 마수 연성술 협회에도, 유저 중에는 유일하게 출석 가능한 유저가 바로 그였으니.

그 때문에 그러한 자부심이 오늘도 그를 움직이는 원동력이었다.

끊임없이 탐구하고 파헤치고 새로운 마수 레시피를 개발해 내는, 진정한 마수 연구가 엘던.

"이제 진짜 끝이군. 재료는 다 모았고……."

연구실의 탁자에 연성 재료들을 주르륵 꺼내 놓은 엘던은 흡족한 표정으로 웃으며 양손을 비볐다.

힘들게 모은 이 재료들에 준비해 둔 마수들을 연성하여, 지난 한 달 동안 연구한 '야심작'을 연성해 낼 차례였으니 말이다.

지금 엘던이 연성하려 하는 녀석의 이름은 바로 '고대의 다크발록'.

무려 신화 등급으로 추정되는 마수인 '고대의 다크발록'을 연성해 내기 위한 연구를 진행 중이었던 것이다.

그리고 엘던은 이미 고대의 다크발록 하위 단계이자, '전설' 등급의 마수인 '다크발록'까지 연성하여 만들어 내는 데 성공한 상태였다.

"소환……!"

크아아오오-!

엘던이 소환 주문을 외자, 거대하고 사나운 외형의 시커먼 발록이 모습을 드러냈다.

이어서 녀석의 늠름한 자태를 확인한 엘던의 입가에, 미소가 더욱 진해졌다.

이 녀석을 베이스로 하는 더욱 강화된 마수.

'고대의 다크발록'이 벌써 머릿속에 그려지기 시작했으니 말이다.

'후후, 연성으로 만들어 낸 두 번째 신화 등급 마수도, 결국 이 몸의 손에서 태어나겠군.'

사실 이 '고대의 다크발록' 레시피는 엘던으로서도 무척이나 우연한 기회에 얻게 된 것이었다.

전설 등급의 마수인 '데빌 피닉스'의 연성 재료를 찾아 명계를 전전하던 중.

운 좋게 발견한 고대의 던전에서 찾은 숨겨져 있던 유물이 었으니 말이다.

그리고 엘던은 이 '고대의 다크발록' 레시피에 무척이나 큰 기대를 하고 있었다.

연성에 들어가는 재료들만 봐도 녀석은 신화 등급의 마수가 분명했던 데다, 녀석을 연성하는 방식이 지금껏 그조차도 알지 못했던 완전히 새로운 방식이었으니, 그의 탐구 정신에 불이 붙지 않을 수 없었던 것이다.

'마수 연성에 평범한 재료 아이템이 아닌 특수한 아티펙트가 포함되다니…… 정말 어떤 녀석이 나올지 상상조차 할 수 없군.'

"후우……!"

한차례 크게 심호흡한 엘던은 연성에 부재료로 들어갈 두 마수를 차례로 더 소환하였다.

"데빌 피닉스, 데빌 드레이크. 소환!"

끼오오오-!

캬아아아!

무려 전설 등급의 마수인 데빌 피닉스와 영웅 등급의 마수인 데빌 드레이크.

두 녀석의 정보 창까지 한 번씩 꼼꼼하게 확인한 엘던은 마른침을 한 차례 꿀꺽 집어삼켰다.

이 연성 한 번에 들어가는 재료만 해도 천문학적 액수라는 사실이 비로소 실감되기 시작했으니 말이었다.

'하, 한 방에 가자, 한 방에……!'

누구보다 연성술의 숙련도가 높은 엘던이었지만, 그래도 성공 확률보단 실패 확률이 더 클 것이 분명한 궁극의 연성.

아껴 놓은 최상급의 '마령석'까지 싹 다 쏟아 넣은 엘던은 경건한 마음으로 마수 연성을 시작하였다.

마치 어떤 의식이라도 치르듯 더 없이 진중한 표정으로 말이다.

위이잉-!

엘던이 고유 능력을 발동한 뒤 마법진을 그리기 시작하자, 재료로 포함된 마수들의 주변으로 붉고 검은 기류가 넘실거리기 시작한다.

모양이 무척이나 복잡한 탓에 마법진을 그리는 속도는 무척이나 더뎠지만, 엘던은 결코 조급해하지 않았다.

마법진만 하루 종일 그려야 한다 해도 이 연성이 성공만 할 수 있다면, 온몸에 쥐가 나더라도 해내야만 하는 것이었으니까.

기잉- 기이잉-!

구슬땀을 흘려 가며 복잡한 마법진을 천천히 완성해 나가는 엘던.

그리고 마법진이 완성되어 감에 따라, 점점 더 짙은 어둠

속에 잠식되는 세 마리의 마수들.

그렇게 1시간 정도가 지났을까?

엘던은 드디어, 연성 마법진을 완벽하게 그려 낼 수 있었다.

"돼, 됐다……!"

육안으로 자세히 확인조차 힘들 정도로 복잡한 마법진을 완성한 엘던은, 두근거리는 마음으로 마지막 재료들을 쏟아붓기 시작하였다.

'그래. 이번엔 정말, 아껴 뒀던 능력석까지 싹 다 부어야겠어. 어마어마한 놈이 나와 줬으면 좋겠군.'

그리고 마법진의 앞에 무릎 꿇은 엘던은 마수 연성의 마지막 의식(?)인 기도를 시작하였다.

"제발……! 하느님, 부처님, 제발……!"

고오오오-!

양손을 모은 채 눈을 질끈 감은 엘던의 앞으로, 시뻘건 기운과 새카만 어둠의 회오리가 강렬히 휘몰아치기 시작하였다.

이어서 모든 재료를 집어삼킨 그 회오리는 마법진 안으로 빨려 들어갔다.

그리고 잠시 후, 긴장감에 숨마저 참고 있던 엘던이 결과물을 확인하기 위해 천천히 두 눈을 뜨기 시작하였다.

'제발, 됐겠지? 됐을 거야.'

"……!"

엘던의 눈앞에, 한 차례 폭풍이 휘몰아치고 지나간 연구실의 전경이 천천히 눈에 들어오기 시작하였다.

그리고 다음 순간, 엘던의 두 동공은 커다랗게 확대될 수밖에 없었다.

"이, 이게 대체……!"

눈앞에 나타난 결과물이 그가 생각조차 하지 못했던 것이었으니 말이었다.


-연성의 재료들이 성공적으로 감응하기 시작합니다.

-마법진의 완성도 : 99.78%

-레시피에 맞는 재료들이 융합되었습니다.

……중략……

-조건이 충족되지 않았습니다.

-고대의 마수를 만들기 위해서는 '고대의 마수 연성술'이 필요합니다.

-'고대의 마수 연성술'을 습득하지 못했습니다.

-마수 연성이 취소되었습니다.

-연성에 사용된 주재료와 부재료가 반환됩니다.


우우우웅-!

엘던이 예상했던 결과는 성공, 혹은 실패.

한데 그 양쪽 모두 아닌 생각지 못한 결과가 나왔으니, 엘던의 입장에서는 당황할 수밖에 없었던 것이다.

"고대의 마수 연성술이…… 필요하다고?"

메시지를 확인한 엘던은 흥분했던 마음을 가라앉히고 침착하게 생각하기 시작하였다.

일단 '연성 실패'라는 최악의 결과는 면하였으니, 비록 성공이 아니더라도 금방 이성을 찾은 것이다.

'고대의 마수 연성술이라는 게…… 단순히 레시피를 뜻하는 게 아니라 완전히 새로운 고유 능력이었다는 건가?'

엘던은 사실 고대의 마수 연성술이라는 단어를 처음 들어보는 것이 아니었다.

데빌 피닉스 유적에 들어가서 발록의 레시피를 찾았을 때부터, 그곳의 유물들에서 고대의 마수 연성술이라는 단어를 많이 봤으니 말이었다.

게다가 이 고대의 다크발록 연성 레시피를 분석하기 위해서 협회에 '고대의 마수 연성술'에 대한 정보를 묻고 다녔으니.

단어 자체는 그에게 전혀 생소한 것이 아니었던 것.

다만 그 당시에는 그것을 새로운 콘텐츠라고 생각하지 못했으며, 단순히 고대에 사용되었던 마수 연성술 정도로만 이해한 것일 뿐이었다.

'협회에 다시 가 봐야겠어. 지난번에도 그곳에서 단서를

찾았으니…… 조금만 더 파 보면 고대의 연성술을 배울 방법도 충분히 알 수 있겠지.'

머릿속이 정리된 엘던은 자리에서 벌떡 일어나 움직이기 시작하였다.

생각지 못했던 변수에 의해 연성을 성공하지는 못했지만, 그의 표정은 어느새 상기되어 있었다.

마수 연성술에 대한 연구 자체를 좋아하는 그에게 있어, 단순히 신화 등급의 마수를 연성해 내는 것보다 어쩌면 더 흥미로운 것이, '고대의 마수 연성술'이라는 새로운 콘텐츠였으니 말이다.

펄럭-!

서둘러 연구실을 정리한 엘던은 연구복을 벗어 소파에 던져 놓고 빠르게 걸음을 옮기기 시작하였다.

그의 걸음이 향하는 곳은 당연히 마수 연성술 협회였다.

중간계에서 가장 규모가 커다란 중립 지역은 당연히 소르피스 성이라고 할 수 있었다.

처음 중간자가 된 유저들이 모이게 되는 곳이 바로 이 소르피스 성이었으니, 지속적으로 더 크게 개발될 수밖에 없는 것이다.

하지만 그렇다고 해서 중립 지역이 소르피스 성만 있는 것은 아니었다.

중간계 유저들이 많아지면서 소르피스 성은 더 이상 유저와 길드를 수용할 수 없을 정도로 포화 상태가 되었고, 제2, 제3의 소르피스 성들이 차례로 생겨났으니 말이다.

그리고 마수 연성술 협회가 자리하고 있는 크루니아 내성이 바로, 그런 중립 지역들 중 하나라고 할 수 있었다.

우우웅—!

"흠, 중간계에 온 지 벌써 1년은 된 것 같은데…… 여긴 정말 처음 와 보는군."

그리고 세르비안으로부터 정보를 받아 이 크루니아 내성에 도착한 이안은 신기하다는 듯한 표정으로 광장을 두리번거릴 수밖에 없었다.

중간계 곳곳을 그 누구보다 많이 다닌 이안이었지만, 이 크루니아 내성은 처음이었으니 말이다.

물론 이 크루니아가 오기 힘든 곳은 아니었다.

다만 이안이 이곳을 아직 한 번도 보지 않았던 이유는 간단했다.

크루니아 내성은 이미 생성된 지 오래된 중립 지역이었지만, 사실상 소르피스 성의 하위호환이나 다름없는 기능을 하는 곳이었기에, 이안으로서는 와 볼 이유가 전혀 없었으니 말이다.

"대충 구조는 소르피스랑 비슷하고…… 세르비안이 광장 북서쪽 대로를 따라가라고 했으니, 이쪽이 맞는 것 같군."

미니맵을 꼼꼼히 살핀 이안은 빠르게 길을 찾아 마수 연성술 협회를 향해 움직이기 시작하였다.

조나단에게 심부름(?)을 시킨 지도 벌써 한나절이 훌쩍 지났으니, 그가 자유롭게 마수 연성술에 대해 알아볼 수 있는 시간도 이제 얼마 남지 않았으니 말이었다.

이안이 예상키로 아마 조나단은 사흘 이내에 돌아올 것이었고, 때문에 협회를 찾는 이안의 발걸음이 조급한 것은 당연한 수순이라 할 수 있었다.

"흠, 협회라고 해서 규모가 클 줄 알았는데, 우리 길드 거점이랑 별반 다를 것 없는 규모의 건물이군."

끼이익-.

협회를 금방 찾아낸 이안은 나무로 만들어진 커다란 문을 열고 건물 안으로 들어섰다.

그러자 문지기인 듯 보이는 NPC 하나가, 이안을 향해 다가와 말을 걸었다.

"이곳은 아무나 들어올 수 있는 곳이 아닙니다."

"알고 있습니다."

"출입증을 보여 주시겠습니까?"

"흠, 이것으로 되겠죠?"

이안이 문지기에게 내민 것은 세르비안으로부터 받은 추

천서.

그것을 확인한 문지기는, 대번에 고개를 끄덕이며 이안의 길을 열어 주었다.

"앗, 세르비안 님의 손님이셨군요. 입장하셔도 좋습니다."

"고맙습니다."

NPC에게 살짝 고개 숙여 인사한 이안은 건물의 안쪽으로 빠르게 걸음을 옮겼다.

그가 지금 가려는 곳은 협회 내부에 있는 도서관.

그곳에 고대의 연성술에 대한 정보가 있을지도 모른다는 이야기를 세르비안이 해 주었으니 말이다.

'자, 어디 보자. 2층이라고 했었지?'

협회 내부에 있는 안내도를 확인한 이안은 2층으로 올라가기 위해 계단실로 향했다.

그런데 이안이 계단에 오르려던 바로 그때.

끼이익-!

협회의 문이 또 한 번 열리며, 누군가가 협회 안으로 입장하였다.

"출입증을 보여 주시겠습니까?"

"여기 있소."

소리를 들은 이안은 자연스레 시선을 돌려 새로 들어온 인물을 확인하였다.

딱히 별다른 생각이 있었던 것은 아니지만, 이곳을 들락거리는 인물이라면 적어도 마수 연성술과 관련이 있을 테니, 약간의 호기심이 생겼던 것이다.

'흠, 정말 평범하게 생긴 사람이네.'

하지만 다음 순간, 남자로부터 관심을 끄려던 이안은 옮기려던 걸음을 멈추고 다시 뒤를 돌아볼 수밖에 없었다.

남자와 경비원의 대화에서, 왠지 낯익은 이름이 들렸으니 말이었다.

"확인되었습니다, 엘던 님."

"고맙소."

"그럼, 즐거운 하루 보내십시오."

세르비안이 협회에서 '고대의 연성술'에 대해 이야기 했었다고 했던 인물.

문지기가 남자를 부른 '엘던'이라는 바로 그 이름이, 순간적으로 기억났으니 말이었다.

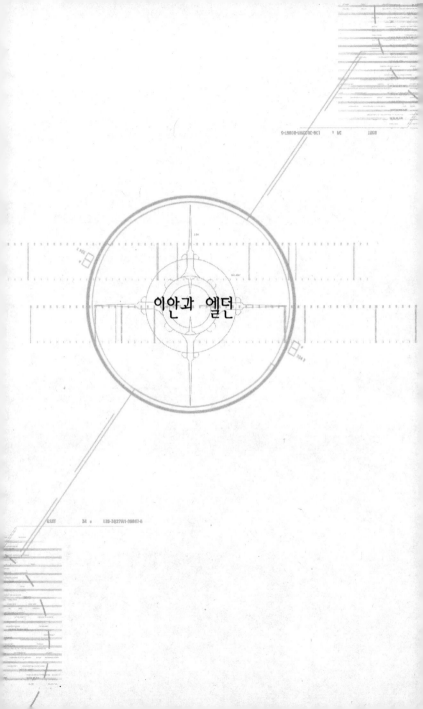

이안과 엘던

Taming
Master

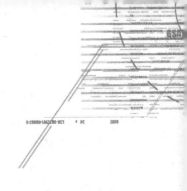

세르비안에게 들었던 '마수 연성술 협회'라는 곳은 이안이 예상했던 것보다 훨씬 더 재밌는 곳이었다.

단순히 상징적인 의미만을 가진 단체가 아닌, 카일란 내의 숨겨진 또 다른 콘텐츠였던 것이다.

-그런데 세르비안.
-응?
-그 협회라는 건, 구체적으로 어떤 역할을 하는 곳이죠?
-흠, 그러니까 어떤 단체냐 하면…….

협회가 가진 콘텐츠는 무척이나 복잡했지만, 그 시스템 자체는 반대로 단순하고 명료하기 그지없었다.

일단 협회에 가입한 유저는 자신이 가진 마수 연성 레시피 중에 원하는 것들을 협회와 공유할 수 있는데, 공유한 레시피의 등급과 희귀도에 따라 그게 걸맞은 '협회 공헌도'를 얻게 된다.

또 마수 연성에 필요한 마수나 재료들을 기부하는 것으로도 공헌도를 쌓을 수 있었는데, 그렇게 쌓은 공헌도를 협회 안에서 자유롭게 사용할 수 있는 시스템이었다.

-그럼 그렇게 쌓은 공헌도는 어떤 식으로 사용되는데요?
-그야 간단하지.
-음……?
-다른 연성술사가 협회에 공유한 레시피를 열람하거나, 협회의 도서관에 있는 연성서들을 대여하거나. 그도 아니면 협회에서 보유하고 있는 희귀한 마수 연성 재료를 구매할 수도 있고, 가끔 열리는 마수 연성 특강을 수강할 수도 있다네.
-……엄청나군요.

세르비안에게 협회의 이야기를 들었던 이안은 협회에 더욱 관심이 생길 수밖에 없었다.

-그럼 세르비안.

-말씀하시게.

-저도 협회에 가입할 수 있는 건가요?

-하하. 이안 자네라면 당연히 가능하겠지.

-……!

-자네가 가진 특별한 레시피들을 몇 장 공유한다면, 곧바로 협회의 일원이 될 수 있을 테니까.

-대박……!

-추천서를 써 줄 테니, 이번 기회에 아예 협회의 일원이 되어 보시게.

-감사합니다, 세르비안!

-핫핫, 감사하기는. 자네야말로 진정 협회에 필요한 인재인데 말이야.


사실 마수 연성술 협회에 가입하기 위해서는 특별한 조건들을 충족시켜야 했다.

우선 '마수 연성술'의 숙련도를 '마스터' 단계까지 올려야 하며, 유저가 직접 만들어 낸 고유한 레시피를 하나 이상 공유해야 하고, 마지막으로 전설 등급 이상의 마수를 연성하는 데 성공한 경험이 있어야 한다.

그리고 이 조건들 중, 이안이 충족하지 못한 조건은 바로 첫 번째 조건.

한동안 마수 연성에 신경 쓰지 못한 이안은 아직 마스터 단계의 숙련도에 오르지 못했던 것이다.

하지만 세르비안의 추천서는 그 정도 조건쯤 가볍게 무시해 버릴 수 있는 효력을 가지고 있었다.

-크……! 세르비안! 이런 곳이 있었다면, 진작 얘기해 주셨어야죠!

-하하, 사실 협회는 생긴 지 그리 오래 되지 않았다네. 때문에 자네에게 이야기해 줄 기회가 없었던 게지.

-그래요?

-그러게 내 연구소에 좀 자주 놀러오지 그랬나. 하하.

하여 협회에 도착한 이안이 가지고 있었던 계획은 간단하였다.

협회 2층에 있는 도서관의 위치를 확인하고 그 안쪽에 있는 행정실에 들어가서, 세르비안의 추천서를 사용하여 일단 협회에 가입하는 것이다.

그리고 그동안 쌓아 둔 레시피들 중 괜찮은 것들 몇 가지를 협회에 공유하여 공헌도를 확보하고, 그것을 사용하여 '고대의 마수 연성술'에 대한 정보를 수집하려 했던 것.

물론 이 모든 계획들이 '누군가'의 등장으로 조금 바뀌어 버렸지만 말이었다.

'엘던? 잠깐. 이거 어쩌면 더 쉽게 풀릴 수도 있겠는데?'

이안이 세르비안으로부터 들었던 엘던에 대한 정보는 '엘던'이라는 그의 이름 두 글자와 고대의 연성술에 관심이 있는 인물이라는 정도뿐이었지만, 이안은 그의 이름을 정확히 기억하고 있을 수밖에 없었다.

그도 그럴 것이 도서관에서 별다른 성과를 얻지 못할 경우, 그를 찾아서 움직일 생각을 하고 있었으니 말이다.

한데 이렇게 기가 막힌 타이밍에 엘던을 만나게 되었으니, 이안으로서는 계획을 전면 수정할 수밖에 없게 된 것.

'협회에 상주하는 NPC도 아닌 것 같은데…… 그렇다면 만났을 때 먼저 저 녀석부터 컨택해 봐야겠어.'

하여 이안은 계단을 오르다 말고 다시 천천히 걸어 내려가기 시작하였다.

협회 가입과 도서관 열람은 언제든 할 수 있는 것이었지만, 엘던이라는 인물은 지금 놓치면 다시 못 찾을 수도 있겠다는 생각이 들었으니 말이다.

하지만 다음 순간.

저벅-.

그를 향해 걸어 내려가던 이안은 우뚝 발걸음을 멈출 수밖에 없었다.

"후우, NPC들은 대체 왜 이렇게 융통성이 없는 거야? 벌써 몇 번짼데 아직도 출입증을 확인해?"

저벅- 저벅-.

살짝 찌푸린 표정으로 구시렁대며 올라오는 엘던의 목소리를, 본의 아니게(?) 들어 버렸으니 말이었다.

'잠깐, 유저였어?'

NPC가 NPC라는 단어를 입으로 뱉을 리는 만무하였으니, 엘던이 유저임을 알 수 있었고.

그를 당연히 NPC일 것이라고 생각했던 이안으로서는 멈칫할 수밖에 없었던 것이다.

"후, 또 공헌도만 왕창 깨지겠군."

엘던은 연신 구시렁거리며, 이안의 옆을 스치듯 지나가 2층으로 먼저 올라섰다.

그리고 그의 뒷모습을 힐끔 확인한 이안은 더욱 흥미진진한 표정이 될 수밖에 없었다.

'이거 재밌게 흘러가잖아?'

빠르게 머리를 굴린 이안은 자연스럽게 걸음을 돌려 엘던의 뒤를 쫓기 시작하였다.

이어서 엘던이 2층의 도서관으로 들어가는 모습을 확인한 이안은 무슨 음흉한 생각을 떠올린 것인지 슬쩍 입꼬리를 말아 올렸다.

마수 연성술사 엘던은 복장부터 생김새까지 영락없는 연

구원의 이미지였다.

나이는 30대 초중반 정도에 불과했지만, 창백한 얼굴에 동그란 안경, 그리고 언제나 퀭한 표정의 얼굴은 그를 연구원의 이미지로 만들기에 충분한 것이라 할 수 있었다.

하지만 엘던에게는 그런 이미지와 달리 한 가지 반전이 있었는데, 그것은 바로 그의 성격이었다.

집요한 탐구 정신과 노가다 정신을 가지고 있는 그였지만, 아이러니하게도 그 누구보다 성격이 급한 인물이 바로 그였던 것이다.

하여 엘던은 지금 무척이나 조급하였다.

그간의 연구의 결정체나 다름없는 고대의 마수 완성을 코앞에 남겨 둔 상황에서, '고대의 연성술'을 배우지 못했다는 생각지도 못했던 이유로 턱 하고 발목을 잡혀 버렸으니 말이다.

만약 발목을 잡힌 것이 연구 진행 단계에서였다면, 아무리 엘던이라 해도 이렇게까지 조급하지는 않았을 것이었다.

다만 다 되었다고 생각한 상황에서 뒷덜미를 덥석 잡혀 버린 상황이었으니.

엘던으로서는 어떻게든 빨리 이 상황을 해결하고 싶은 것이었다.

"고대의 연성술이라…… 고대의 연성술. 고대의……."

하여 도서관에 틀어박힌 엘던은 '고대의 연성술'이라는 단어를 연신 중얼거리며, 도서관에 꽂힌 책들을 쉴 새 없이 파헤치기 시작하였다.

책 한 권을 열람할 때마다 피 같은 공헌도가 야금야금 깎여 나가는 시스템이었지만, 당장이라도 마수를 만들어 내고 싶은 그에게 그런 것이 눈에 들어올 리 없었다.

"지난번에 분명…… 이쪽에서 관련 서적을 찾았던 것 같은데……."

엘던은 '고대의 연성술'과 조금이라도 연관되어 보이는 책이라면, 싹 다 뽑아내어 옆에 쌓아 두기 시작하였다.

그리고 그렇게 30여 분 정도가 지났을까?

거의 100권에 가까운 책들을 뽑아 낸 엘던은 도서관의 로비로 그것들을 옮겨 차곡차곡 쌓기 시작하였다.

원하는 정보를 모두 찾아내기 전까지는 도서관 안에 앉아서 꼼짝도 하지 않을 생각으로 말이다.

쿵-!

"휴우, 이제 본격적으로 시작해 볼까……?"

이마에 흐르는 땀을 닦아 낸 엘던은 탁자에 쌓인 책들을 흡족한 표정으로 살핀 뒤 의자를 빼내어 자리에 착석하였다.

이어서 가장 위쪽에 놓인 책 한 권을 집어 들어, 망설임 없이 책장을 넘기기 시작하였다.

"흐음. 타로트의 유적 탐사기라…… 뭐라도 단서가 있었으면 좋겠는데."

한번 책을 읽기 시작한 엘던은 놀라운 집중력으로 그 안에 빨려 들어가기 시작하였다.

마치 100권에 가까운 책들을 전부 읽기 전에는, 엉덩이를 떼지 않겠다는 기세로 말이다.

하지만 첫 번째 책의 책장을 거의 다 넘겨 갈 무렵, 엘던의 집중은 깨질 수밖에 없었다.

드륵- 털썩-!

엘던 혼자 앉아 있던 도서관 로비의 탁자 맞은편에, 처음 보는 인물 하나가 털썩 앉았으니 말이었다.

아무리 집중력이 좋은 엘던이라 해도 바로 맞은편에 누군가 앉았다는 사실을 느끼지 못할 리는 없었고.

하여 책자를 향해 있던 엘던의 시선이 자연스레 그를 향해 움직였다.

"음……?"

이어서 남자와 눈이 마주친 엘던의 두 눈이, 살짝 확대되었다.

상대는 지금껏 엘던이 협회 활동을 하면서, 한 번도 보지 못했던 새로운 인물이었으니 말이다.

'뭐지? 협회에 새로 가입한 NPC인가?'

하지만 처음 보는 인물이라 하여, 딱히 놀랄 만한 것은 아니었다.

엘던이 가입한 이후에도 협회에는 몇 번 뉴 페이스가 들어

온 적이 있었고, 그들은 보통 다른 차원계의 마수 연성술 NPC였으니 말이다.

하여 남자에게서 신경을 끈 엘던은 다시 책자를 향해 시선을 돌렸다.

아니, 돌리려고 하였다.

"흠, 흠. 여기 쌓여 있는 책들을 보니…… 당신, 고대의 연성술에 무척이나 관심이 많은가 보군요?"

책을 향해 시선을 내리던 엘던은 남자의 목소리에 반사적으로 고개를 치켜들 수밖에 없었다.

남자의 대사는 그가 전혀 예상치 못했던 종류의 것이었으니 말이다.

"……당신은 누굽니까?"

갑작스런 낯선 인물의 참견이었지만, 엘던은 기분이 나쁘나 한 것이 아니었다.

다만 갑작스런 상황에 놀란 것일 뿐.

'뭐지? 고대의 연성술을 알고 있잖아?'

게다가 거의 개인주의적인 성향을 가진 NPC들로 구성된 이 협회에서 누군가 말을 먼저 건 것이 처음이기에, 엘던으로서는 더 놀랄 수밖에 없었던 것이다.

"아, 제 소개를 먼저 해야겠군요. 난 이번에 새로 협회에 가입한 '이안느'라고 합니다."

남자의 이어진 대사에 엘던은 고개를 끄덕이며 마주 입을 열었다.

이러한 대화 패턴은 NPC와의 대화에서 지금까지 수없이 겪어 온 너무도 익숙한 패턴이었기 때문에, 엘던은 아무런 의심조차 하지 않았다.

"아, 반갑습니다, 이안느 님. 저는 협회 소속의 연구가인 엘던이라고 합니다."

"그렇군요. 반갑습니다."

오히려 지금 엘던의 눈빛에 가득 찬 것은 낯선 이에 대한 의심보다는 강렬한 기대감이었다.

대사로 미루어 보건대 남자는 분명 '고대의 마수 연성술'에 대한 지식이 있는 듯 보였고, 그렇다면 이 NPC(?)와 친밀도를 쌓는 것으로 원하는 것을 더 쉽고 빠르게 얻을 수 있을지도 모른다고 생각되었으니 말이다.

"여기 쌓아 놓은 책들을 보고 오신 건가요?"

"그렇습니다, 엘던 님. 고대의 연성술…… 무척이나 매력적인 학문이죠."

남자의 대답을 들은 엘던의 표정은 점점 더 상기되기 시작하였다.

최근 답답했던 그의 연구 인생에, 오랜만에 운수가 터졌다고 생각되었으니 말이다.

'이거, 오늘은 운이 좋은데?'

물론 엘던의 운이 정말 좋은 것인지는 좀 더 지켜봐야 알 수 있을 것이었다.

　이안은 엘던의 뒤를 곧바로 따라 들어간 것이 아니었다.
　그가 도서관에 자리 잡고 연구를 시작하는 것을 확인한
뒤, 먼저 협회에 가입부터 진행한 것이다.
　그의 머릿속에 그려진 완벽한 설계(?)를 진행하기 위해서
는 일단 협회 소속의 연구가가 되는 것이 필수 조건이었으니
말이다.
　"흠…… 이안. 그대는 협회에 가입하기 위해서, 아직 연성
술의 수련이 조금 더 필요해 보이는군요."
　"하핫, 제가 아직 부족하다는 사실은 알고 있습니다."
　"그런데?"
　"하지만 여기, 이 추천서를 보신다면 생각이 달라지실 겁
니다."
　"음……?"
　"세르비안 님께서 제 가능성을 높이 평가하셔서 이렇게 추
천서를 써 주셨거든요."
　세르비안의 추천서와 세 가지 마수 연성 레시피.
　이안에게 그것들을 받아 든 협회 관리인은 사뭇 놀란 표정
이 될 수밖에 없었다.

우선 그의 눈에 먼저 들어온 것은 세르비안의 추천서.

"……!"

그는 세르비안을 잘 알고 있었고, 때문에 그가 이렇게까지 열정적으로(?) 추천서를 써 준 것이 놀라웠으니 말이다.

'흐음, 연구밖에 모르는 노인네가 이렇게까지 말할 정도라니.'

게다가 거기서 끝이 아니었다.

이안이 그에게 건넨 세 장의 마수 연성 레시피들 또한, 관리인의 기대를 훨씬 넘어서는 것이었다.

보통 협회에 처음 가입하는 새내기들의 레시피들은 대부분 협회에서 보유하고 있던 레시피인 경우가 많았는데.

이안이 가져온 세 가지는 어느 것 하나 겹치는 레시피가 없었으니 말이다.

그 때문에 관리인은 저도 모르게, 감탄사를 터뜨릴 수밖에 없었다.

"아니, 이것은……!"

"왜 그러십니까?"

"정녕 이런 방식으로 연성이 가능하단 말입니까?"

"실제로 제가 성공하였고, 그랬으니 이렇게 레시피가 되어 있지 않겠습니까."

"오, 오오……!"

"마음에 드십니까?"

사실 이안이 건넨 레시피들은 그렇게 가치가 높은 것들이 아니었다.

아마 이 레시피들을 유저에게 판매한다면, 1만 골드조차 받을 수 있을지 의문이 들 수준이랄까?

하지만 그것은 유저들의 기준일 뿐이었고, 협회에서는 이야기가 완전히 달랐다.

유저들에게 제일 중요한 가치는 해당 레시피로 연성된 마수가 '얼마나 높은 등급의, 얼마나 강력한 마수일 것이냐.' 이겠지만.

협회에서 레시피를 볼 때 가장 중요한 가치는 바로 레시피의 창의성과 희귀도였으니 말이다.

협회는 전투와는 거리가 먼 단체였고, 때문에 연성될 마수의 전투력 같은 것은 두 번째 문제일 수밖에 없었다.

그리고 이안은 세르비안의 조언을 통해, 그러한 협회의 성격을 정확히 파악하고 있었다.

"이것들이 정녕 그대가 직접 연구해 낸 레시피란 말입니까?"

"그렇습니다. 완성한 지는 좀 됐지만…… 특별한 레시피임에는 분명하다 생각합니다."

"훌륭하군요. 어째서 세르비안이…… 그대를 이렇게까지 칭찬하였는지 알겠습니다."

하여 이안은 아무런 무리 없이 마수 연성술 협회의 소속으로 등록될 수 있었다.

띠링-!

-관리자 '차브르'와의 친밀도가 +5만큼 상승합니다!

-'차브르'가 당신의 실력을 신뢰하기 시작합니다.

-관리자 '차브르'의 승인이 떨어졌습니다.

-'마수 연성술 협회'에 성공적으로 가입하셨습니다.

-'마수 연성술 협회'의 공헌도를 7,520만큼 획득합니다.

……중략……

-이제부터 공헌도를 사용하여, '마수 연성술 협회'의 콘텐츠를 이용
할 수 있습니다.


그리고 협회 소속이 되는 데 성공한 이안이 이어서 곧바로
진행한 스텝은 다름 아닌 '엘던'이라는 인물에 대한 정보 수
집이었다.

이안이 예상하기로 엘던은 한동안 도서관에 박혀 있을 게
분명하였고, 때문에 조급할 필요가 없다고 판단한 것이다.

당장 그에게 다가가도 어느 정도 정보를 빼 낼 자신은 있
었지만, 조금 더 완벽한 설계를 위해 정보를 수집하기로 한
것이다.

'엘던의 성향을 알아내야 해. 구체적으로 지금 그가 필요
로 하는 게 뭔지, 그것까지 알 수 있으면 더 좋겠고.'

하여 이안은 협회에 상주하는 NPC들을 하나씩 공략(?) 하기 시작하였다.

NPC들을 상대하는 데에는 이미 도가 튼 이안이었기에, 그들로부터 정보를 이끌어 내는 것은 그리 어려운 일이 아니었다.


"엘던? 아, 고대 연성술에 대해 탐구하던 그 젊은 친구를 말하는가 보군."

"아, 아시는군요?"

"그 친구에 대해서는 왜 묻는 거지?"

"저도 고대의 연성술에 관심이 엄청 많거든요."

"오호, 잊힌 고대의 연성술을 연구하는 친구가 하나 더 늘다니. 협회의 발전에 큰 도움이 되겠군!"

"혹시 지크 님은 고대의 연성술에 관심이 없으신가요?"

"하하, 나야 관심은 있지만, 당장 연구 중인 레시피가 많아서 말이지."

"엘던이 연구하던 레시피도 흥미로워 보이던데……."

"아아, 맞네. 다크발록이라고 했던가? 그가 연구하던 레시피…… 확실히 대단한 레시피이긴 했었지."


이안이 정보를 수집하는 데 쓴 시간은 대략 30여 분 정도였다.

그 정도면 협회 내의 NPC들에게, 한 번씩 말을 거는 데는 충분한 시간이었으니 말이다.

그리고 그 시간 동안 얻은 정보들을 토대로, 이안은 정확히 어떻게 움직여야 할지 감을 잡을 수 있었다.

'후후, 이 정도면 충분해. 이제 엘던인지 하는 그 친구를 구워삶는 일만 남았군.'

머릿속을 빠르게 정리한 이안은 다시 협회 2층으로 돌아가 도서관을 향해 걸음을 옮겼다.

역시나 엘던은 그때까지도 책장을 넘기는 데 집중하고 있었고, 그가 가까이 다가갈 때까지도 그의 존재를 전혀 인지하지 못하였다.

하여 이안은 일부러 인기척을 내며 그의 맞은편 의자에 내려 앉았다.

"흠, 흠. 여기 쌓여 있는 책들을 보니…… 당신, 고대의 연성술에 무척이나 관심이 많은가 보군요?"

그리고 그것이 바로 이안이 그려 놓은 '설계'의 시작이라 할 수 있었다.

처음 엘던의 존재를 인지했을 때, 사실 이안은 구체적인 목적을 곧바로 떠올리지 못하였다.

다만 그가 고대의 연성술을 연구 중이라는 사실만으로도, 뭔가 관련된 정보들을 뜯어낼 수 있지 않을까라는 막연한 생각을 했던 것일 뿐이었으니 말이다.

하지만 그에 대한 정보를 수집하고 나자, 이안은 명확한 계획을 세울 수 있게 되었다.

그에게서 뜯어낼 수 있는(?) 부분이 생각보다 광범위함을 깨달은 것이다.

일단 가장 핵심적인 정보는 바로, 엘던이 아직 '고대의 마수 연성술'을 배우지 못한 연성술사이며.

그와 동시에 '고대의 마수'를 연성하고 싶어 하는 연성술사라는 점이었다.

엘던에게 가장 필요한 '고대의 마수 연성술' 스킬 북이 지금 이안의 손에 들려 있는 것이다.

'후후, 생각보다 더 일이 쉬워지겠는걸?'

이것이야말로 거래에 완벽한 우위를 점할 수 있는, 최상의 카드인 것!

물론 어둠의 요새에서 얻은 고대의 연성술은 이안도 알다시피 '고유' 콘텐츠였다.

즉, 이안이 이 스킬 북으로 고대의 연성술을 습득하는 순간, 스킬 북은 완전히 무용한 물건이 되는 것이다.

또 너무도 당연한 이야기겠지만, 이안은 고유 콘텐츠를 엘던에게 넘길 생각이 전혀 없었다.

그래서 이안이 생각한 것은 바로, 엘던이 연성하려는 그 '고대의 다크발록'이라는 마수를 '대리 연성' 해 주는 것이었다.

'흐흐, 내가 생각해도 너무 사악하지만…… 어쩔 수 없잖아?'

이안의 계획은 간단했다.

먼저 엘던에게 자신이 고대의 연성술을 사용할 줄 아는 연성술사라고 블러핑을 한 뒤, 그로부터 연성술 숙련도를 올리기 위한 마수들과 연성 재료들을 대량으로 요구한다.

그리고 그로부터 뜯어 낸(?) 재료들을 사용하여 단기간에 빠르게 연성술의 숙련도를 올려서, 얼마 남지 않은 '마스터'의 숙련도를 달성하는 것이다.

연성술이 마스터에 도달하면 고대의 연성술 스킬 북을 습득할 수 있을 것이고, 그러면 엘던이 원하는 다크발록을 충분히 대리 연성해 줄 수 있을 테니, 결과적으로 엘던에게 거짓말을 하지 않은 것(?)이 되는 셈 아닌가!

물론 여기서 한 가지.

이안이 꼭 해내야만 하는 과제가 있었다.

그것은 바로 엘던에게 자신이 유저임을 들키지 않는 것.

아무리 다크발록을 당장 연성하고 싶은 엘던이라 하더라도, 유저에게 자신의 레시피를 공유해 줄 리는 없었다.

하지만 이안이 NPC라고 생각하는 상황이라면 대리 연성을 부탁해도 전혀 이상하지 않았으니.

여기까지 완벽히 해 내야 이안의 설계가 완성되는 것이다.

그리고 이미 다크발록의 연성에 집착 중인 엘던은, 이안의 의도적인 접근에도 그 어떤 의심조차 할 수가 없었다.

"아, 제 소개를 먼저 해야겠군요. 난 이번에 새로 협회에 가입한 '이안느'라고 합니다."

"아, 반갑습니다, 이안느 님. 저는 협회 소속의 연구가인 엘던이라고 합니다."

"그렇군요. 반갑습니다."

"혹시…… 여기 쌓아 놓은 책들을 보고 오신 건가요?"

"그렇습니다, 엘던 님. 고대의 연성술은…… 무척이나 매력적인 학문이죠."

미리 엘던에 대한 정보들을 수집해 둔 이안은 청산유수처럼 그와의 대화를 이어 나갔다.

자연스러운 대화 안에서 떡밥을 한 번씩 풀어 주는 것도, 잊지 않으면서 말이다.

"저도 벌써 고대의 연성술을 꽤나 오래 사용하고 있지만, 정말인지 심오한 학문입니다."

"허억! 고대의 마수 연성술을…… 사용하실 줄 아는 겁니까?"

"물론입니다, 엘던. 그러니 고대의 연성술을 연구하고 있지요. 엘던 님도 고대의 마수 연성술사 아니셨습니까?"

거짓말을 하는 것이 조금 죄책감이 들기는 했지만, 이안은 애써 자기합리화를 시전하였다.

'어쨌든 엘던이 원하는 걸 들어주기만 하면 되는 거잖아? 결국 중요한 건 결과물이니까.'

그리고 그런 그의 내면 상태와 별개로, 엘던은 두 눈을 반짝이며 이안의 예상대로 끌려오기 시작하였다.

"전 아직 고대의 연성술을 배우지 못했습니다. 그 단서를 찾기 위해 이렇게 공부 중인 것이었고요."

"하핫, 그렇군요!"

끌어내고자 했던 그 질문을 정확히 순식간에 엘던으로부터 끌어낸 것이었다.

"이안느 님이라고 하셨죠?"

"그렇습니다, 엘던."

"혹시 저를 도와주실 수 있겠습니까?"

인간은 본능적으로, '의심'이라는 것을 하는 동물이다.

그리고 그 의심이라는 것은 아무런 이유 없이 먼저 접근해 온 사람이 대상일수록 더 커질 수밖에 없는 것.

지금의 상황에서 먼저 접근해 온 것은 이안이고, 때문에 섣불리 말을 꺼냈다가는 엘던의 의심을 살 수도 있었다.

해서 이안이 가장 중요하게 생각한 것은, 엘던이 먼저 자신에게 도움을 요청하게 만드는 것이었다.

그가 먼저 꺼낸 이야기라면, 엘던은 어떤 의심도 하기 힘들 테니 말이다.

"흐음……."

이안이 잠시 뜸을 들이자, 엘던은 더욱 조급한 표정이 되었다.

그리고 그런 그를 향해, 이안이 다시 천천히 입을 열었다.

"어떤 도움이 필요하신지요?"

"마수 연성술을 배우고 싶습니다……!"

"흠, 그것은 저로서도 쉽지 않은 일입니다."

"그, 그렇습니까?"

"저 또한 우연한 기회에 습득할 수 있었을 뿐, 누굴 가르치거나 할 실력이 되진 않거든요."

"아아……."

"죄송합니다. 저도 엘던 님께 도움이 되고 싶었는데……."

이안이 말 끝을 흐리자, 엘던은 우울한 표정이 되었다.

그리고 여기까지도, 완벽히 이안이 예상했던 시나리오라고 할 수 있었다.

'그래. 이제 다음 부탁을 해, 엘던! 네가 직접 고대의 연성술을 배워야만 고대의 마수를 연성할 수 있는 건 아니잖아!'

풀 죽은 표정이 된 엘던을 슬쩍 응시하며, 이안은 두 눈을 반짝였다.

그리고 잠시 후, 엘던은 결국 이안이 원했던 이야기를 꺼내기 시작하였다.

"그럼 이안느 님."

"말씀하세요."

"제게 연성술을 가르쳐 주실 수 없다면…… 혹시 저 대신 연성을 하나 해 주실 수는 없을까요?"

"연성이라면, 어떤……?"

"제가 꼭 만들어 내고 싶은 마수가 하나 있는데, 그것이 고대의 마수여서 말이지요."

"아하."

"고대의 연성술을 사용하시는 이안느 님이라면, 연성이 가능하실 것 같은데……."

엘던의 이야기를 듣던 이안은 히죽 새어 나오려던 웃음을 겨우 참아 내었다.

그리고 본격적으로, 하나둘 이야기를 꺼내기 시작하였다.

마수 연성술의 레시피에는 크게 두 가지의 개념이 존재한다.

첫째는 아이템 드롭이나 특수한 퀘스트로 획득할 수 있는 완성된 레시피로 획득이 가능한 레시피 북.

둘째는 유저가 끝없는 노가다와 헤딩으로 찾아내고 만들어 낸, 커스텀 레시피 북.

사실 이 레시피의 개념은 처음 마수 연성 콘텐츠가 나왔을 때에는 없었던 개념이었다.

처음 마수 연성이 나왔을 때 레시피라는 개념은 말 그대로 조합식을 아느냐 모르냐의 영역이었으니 말이다.

레시피가 없는 유저도 얼마든지 조합식만 알고 있으면 해당 마수를 연성해 낼 수 있었으니, 사실상 레시피 북 자체의 의미는 별로 없었던 것.

하지만 마수 연성의 난이도가 너무 극한의 노가다를 요구하다 보니, 그것에 대한 배려로 업데이트된 것이 바로 지금의 레시피 북 콘텐츠였다.

기존과 마찬가지로 레시피 북 없이도 조합식에 대한 지식만으로 마수 연성을 시도할 수는 있었지만, 레시피 북이 있다면 마수 연성의 성공률을 훨씬 더 크게 올릴 수 있게 된 것이다.

레시피 북의 마수를 연성할 때마다 연성 경험치가 레시피 북에 스택되고, 그 스택 수준에 따라 해당 마수의 연성 성공률이 큰 폭으로 증가하니.

처음 마수 연성술 콘텐츠가 업데이트되었을 때보다는 레시피의 의미가 확실히 커지게 된 것.

그리고 이 레시피 시스템의 더욱 재밌는 부분은 역시 '커스텀 레시피' 콘텐츠였는데, 이것이 바로 마수 연성 덕후(?)들을 양산하는 시스템이었다.

자신이 직접 커스텀한 레시피로 마수를 연성할 때에, 무척이나 매력적인 '특혜'가 있으니 말이었다.

그렇다면 그 특혜라는 것이 대체 무엇이냐?

일단 가장 처음 해당 레시피를 커스텀해 낸 연성술사의 이름이 해당 레시피의 정보 창에 영원히 박히게 되고.

꼭 최초가 아니더라도 자신이 창조한 레시피로 연성을 할 경우, 연성에 성공할 확률이 30%만큼 추가로 증가하게 되니.

이것이 바로 연성술사들을 무한 노가다의 늪에 빠지게 하는 시스템이었다.

그리고 마지막으로 획득 레시피 북과 커스텀 레시피 북 두 가지에 전부 적용되는 요소가 하나 있었는데.

이것이 바로 엘던으로 하여금, 이안에게 '대리 연성'을 부탁하게 만든 결정적인 요소였다.


"그러니까 엘던 님 말씀은 제가 엘던 님 대신에 마법진을 그렸으면 한다는 거지요?"

"그렇습니다. 제가 가진 능력으로는 고대 마수 연성의 마법진을 제대로 완성할 수 없으니까요."

"그거라면 가능할 것 같기는 한데……."

"꼭 좀 부탁드리겠습니다, 이안느 님. 전 이 녀석을 어떻게든 완성해 내야 해서요."

엘던은 단순히 고대의 다크발록을 완성하고 싶어서라 말하였지만, 속내는 그렇게 단순한 것이 아니었다.

마법진을 이안이 그린다면 연성 자체는 이안이 하는 것이나 다름 없었지만, 그렇다 해도 레시피의 주인은 여전히 엘던이었으니 말이다.

결국 연성에 성공한다면 해당 레시피의 최초 연성은 엘던이 한 것으로 판정되고, 엘던이 노린 것은 바로 그것인 것.

*최초 연성을 달성할 경우, 연성으로 획득하게 되는 숙련도가 기존 수치의 1,000%만큼 증가합니다.

신화 등급으로 올라가는 연성의 경우, 연성 숙련도 획득량이 어마어마한데 이것을 10배로 뻥튀기되어 획득할 수 있다는 얘기였으니.

엘던으로서는 혹할 수밖에 없는 것이다.

거기에 한 가지 더.

이안의 도움을 받았든 어쨌든 '고대의 다크발록'이 완성되기만 한다면, 역으로 녀석으로부터 '고대의 마수 연성술'에 대한 답을 찾을 수 있을지도 모른다는 것도 엘던에게 중요한 사실이었다.

마수 연성술사의 스킬들 중에는 '마수 해체 분석'이라는 스킬이 존재했는데, 고대의 연성술로 만들어진 마수를 해체 분석하면, 분명 단서를 얻을 수 있을 테니까.

다만 이안에게 그러한 이유들을 털어놓지 않은 이유는 이안을 NPC로 오인하기 때문이었다.

만약 자신의 절실함을 다 털어놓는다면, NPC가 요구하는 것은 더 커질 테니 말이다.

쉽게 말해 엘던은, 이안을 순진한 NPC라고 생각하는 것이다.

'후후, 네 속내를 모를 줄 알고?'

속으로 히히덕거린 이안은 다시 정신을 집중하여 혼신의 연기를 펼치기 시작하였다.

유저의 화법에 넘어가는 NPC연기를 하려면, 이안으로서도 고도의 집중력이 필요했으니 말이다.

"흐음, 불가능한 부탁은 아니지만…… 당장은 어려울 것 같습니다."

"그, 그런가요?"

"제가 최근 시작한 연구를 끝내기 전에는 다른 연성에 손을 댈 여력이 없어서 말입니다."

"그, 그럼…… 연구가 끝나면 해 주시는 겁니까?"

엘던의 반짝이는 눈동자를 마주한 이안은, 짐짓 곤란하다는 듯한 표정을 지으며 대답하였다.

"무, 물론 해 드릴 수 있긴 한데……."

"그런데요?"

"시간이 좀 걸릴 겁니다."

"얼마나 걸릴까요?"

"적어도 2주일 정도는 노가다할 거리가 남아 있어서 말이지요."

이안의 대답을 들은 엘던은 더욱 초조한 표정이 되었다.

2주일이라는 시간이 어찌 보면 그렇게까지 긴 시간은 아니었지만, 그렇다고 해서 엘던이 참을성을 가지고 기다릴 만큼 짧은 시간도 아니었으니 말이다.

"노, 노가다라면 어떤 노가다인가요?"

"협회 의뢰를 진행하고 있거든요."

"협회 의뢰라면……?"

"전설 등급의 마수 키에클립스였나……? 녀석을 열 마리 정도 연성해야 할 것 같은데, 자원이 아직 준비가 안 되었거든요."

"그, 그것만 다 끝나면 되시는 건가요?"

엘던과 다시 눈이 마주친 이안은, 고개를 끄덕이며 답하였다.

"아마도요."

"……!"

"다른 재료는 거의 다 있는데, 최상급 로튬을 구할 수가 없네요. 제가 연구가다 보니 전투 능력이 부족해서……."

최상급 로튬은, 마계에서도 무척이나 희귀한 최상급의 마수였다.

전투력은 그렇게 강하지 않지만 최상급 마수들 중에서 가장 강력한 마기를 품고 있는 녀석으로, 전설 등급 마수를 연성할 때 가장 많이 필요한 마수.

이안의 연성술 숙련도는 마스터까지 대략 25% 정도의 숙련 경험치가 남아 있었고, 이 정도의 경험치는 전설 등급의 연성 10회 정도면 전부 채울 수 있었기에.

전설 연성에 필요한 가장 희귀한 재료인 로튬을, 엘던에게서 뜯어내려고 작업하는 것이었다.

물론 이안이 직접 구하는 것도 불가능하지는 않았지만, 그러기에는 제법 오랜 시간이 필요한 데다 적지 않은 리스크도 따른다.

로튬이 서식하는 곳은 마계에서도 가장 깊숙한 곳이었으며, 하나 찾아내는 데에도 보통 반나절 이상 걸릴 만큼 희귀했으니 말이다.

하지만 마족 진영의 상위권 랭커가 분명한 엘던이라면 그에 걸맞은 길드도 가입해 두었을 것이고.

그렇다면 로튬 정도는 길드 창고에 수십 마리 이상 쟁여 두었을 테니, 그것을 강탈하려는 것이 이안의 계획이었던 것이다.

'흐흐, 로튬 열 마리 정도면, 대충 5천만 골드쯤 되는 가치니까……. 그 정도는 충분히 조공할 용의가 있겠지.'

그리고 이안의 예상은, 정확히 맞아떨어졌다.

엘던이 한 치 망설임도 없이, 이안의 미끼를 덥석 물어 버린 것이다.

"로튬만 열 마리 구하실 수 있으면, 오늘 안으로 협회 의뢰를 끝낼 수 있는 겁니까?"

기다렸던 엘던의 말에, 이안은 고개를 다시 주억거렸다.

"물론입니다. 다른 재료들은 이미 모아 두었으니까요."

그리고 그렇게, 이안의 엘던 낚시는 성공적으로 마무리되었다.

"그럼 이렇게 하시죠, 이안느 님."

"어떻게요?"

"제가 로튬 열 마리를 구해다 드릴 테니…… 고대의 다크발록 연성을 좀 도와주세요."

"……그게 정말입니까?"

"제가 굳이 거짓말을 할 필요가 있겠습니까?"

"거짓말을 하신다는 이야기는 아니고……."

"협회에서 조금만 기다려 주십시오, 이안느 님. 지금 곧바로 로튬을 구해 오겠습니다."

물론 이안은 바늘에 걸린 물고기를 완전히 건져 올릴 때까지, 혼신의 연기를 멈추지 않았고 말이다.

"로, 로튬을 그렇게 빨리 구할 수 있겠습니까?"

"미리 구해 두었던 녀석들이 있습니다."

"오오……!"

"그럼, 다녀오겠습니다."

엘던은 이안의 마음이 변하기라도 할세라, 쏜살같이 도서관 밖으로 걸음을 옮기기 시작하였다.

그리고 그런 엘던의 뒷모습을 지켜보던 이안은 씨익 웃으며 속으로 중얼거렸다.

'후후, 로튬도 얻고 고대의 다크발록인지 뭔지 레시피도 알아낼 수 있고…… 이거야말로 완벽한 거래로군.'

이안은 자신의 생각대로 움직여 주는 착한(?) 엘던이, 무척이나 마음에 들기 시작하였다.

엘던이 로튬을 가지러 길드 거점에 다녀오는 동안, 이안이 한 것은 협회의 연성실을 빌리는 것이었다.

"하루 정도 연성실을 빌리고 싶은데, 공헌도가 얼마나 필요할까요?"

"1,500백 공헌도면 이용 가능하십니다."

"그럼, 대여하도록 하겠습니다."

"고생하십시오!"

고도의 집중력을 요하는 전설 마수 연성을 길바닥(?)에서 할 수는 없는 노릇이었고.

아무리 엘던이 호구(?)라 하더라도 이안이 로튬을 들고 길드 거점에 다녀오는 것까지 용납하지는 않을 테니, 협회의 공용 연성실을 하루 빌리기로 한 것이다.

'공헌도 천이면 제법 비싼 것 같기는 하지만…… 어쩔 수 없지.'

하여 미리 연성실에 들어간 이안은 다른 재료들을 빠르게 세팅해 두었고, 그동안 길드 거점에 다녀온 엘던은 정말 열마리의 로튬을 데리고 이안의 앞에 나타났다.

"여기, 가져왔습니다, 이안느 님."

"오오, 감사합니다."

"정말 하루만 기다리면 되는 거겠죠……?"

"물론입니다."

"감사합니다……!"

"모든 연성이 끝날 때까지 협회 연성실에서 계속 작업을 할 생각인데, 엘던 님께서는 그동안 어디라도 다녀 오시지요."

"아닙니다. 저도 이곳에서 다른 마수 연성을 연구하며, 이안느 님께서 끝나시길 기다리겠습니다."

엘던은 이안이 NPC라고 철썩같이 믿고 있었지만, 그래도 로튬 열 마리를 전부 건네고 나자 불안한 표정이었다.

'후후, 그럴 만도 하지. NPC가 먹튀를 할 일은 없겠지만…… 로튬의 가치가 워낙 크니까.'

하여 이안은 엘던에게 신뢰(?)를 주기 위하여, 그가 보는 앞에서 빠르게 연성을 시작하였다.

'평범한 키에클립스를 연성하는 건 아니지만, 그것까지 엘던에게 이야기해 줄 필요는 없겠지.'

이안의 연성 실력은 세르비안도 인정한 톱클래스 수준이었고.

그가 연성하는 것을 옆에서 구경한다면, 엘던의 신뢰도는 올라갈 수밖에 없을 테니 말이었다.

우우웅-!

보통 전설 등급의 마수를 연성해 내기 위해서는 마법진을 그리는 데에만 30분 이상이 소요되었지만.

키에클립스 마법진만 수백 번 그려 본 이안에게는 15분 정도면 충분한 것.

"……!"

그리고 이안이 공장처럼 키에클립스를 찍어 내는 모습을 본 엘던은 입을 쩍 벌리고 감탄할 수밖에 없었다.

'역시 NPC인가…… 전설 등급의 마수를 30분에 한 마리씩 찍어 내다니.'

하지만 엘던의 감탄은 거기서 끝이 아니었다.

보통의 유저라면 한 번의 연성술이 끝나고 진이 빠질 수밖에 없을 텐데.

이안은 쉬는 시간조차 전혀 없이 장장 5시간에 가까운 시간 동안 계속해서 마수를 찍어 내었으니 말이었다.

'후, 유저라면 절대 저럴 수 없을 텐데. 역시 인공 지능인가.'

하여 의심 따위는 한 톨 조차 남지 않은 엘던은 이안의 옆에 앉아 꾸벅꾸벅 졸기 시작하였다.

그리고 엘던이 연성실 소파에 앉아 잠든 사이.

띠링-!

이안은 드디어 원했던 첫 번째 결과물을 얻을 수 있었다.


-전설 등급 마수 연성에 성공하였습니다!

-연성 등급 : SS

-높은 등급의 결과로 인해, 연성 경험치가 250%만큼 상승합니다!

-연성술 경험치가 9,812,093만큼 증가합니다!

……중략……

-연성술의 숙련도가 최대치에 달하였습니다!

-'마수 연성술' 고유 능력의 숙련도가 '마스터' 단계로 상승하였습니다!

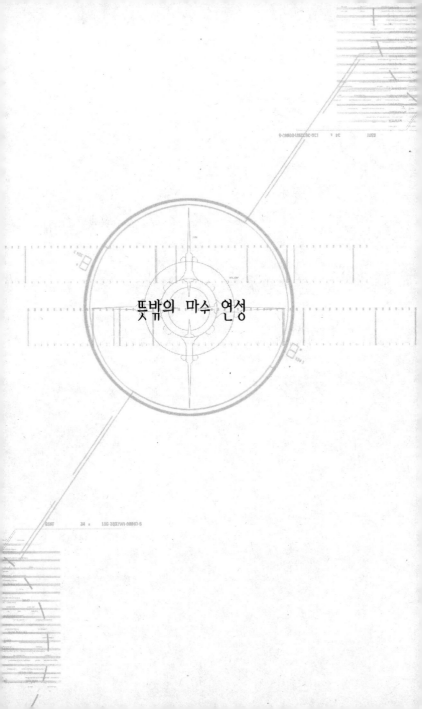

뜻밖의 마수 연성

Taming
Master

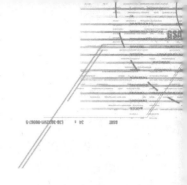

띠링-!

-'마수 연성술' 고유 능력의 숙련도가 '마스터' 단계로 상승하였습니다!

-마스터의 경지에 도달하여, 새로운 고유 능력이 개방됩니다.

-'파생 연성술' 고유 능력을 습득하셨습니다!

-'재료 조합술' 고유 능력을 습득하셨습니다!

······중략······

-'마수 연성술' 고유 능력의 명칭이 '마수 연성비술'로 변경됩니다.

마수 연성으로 인해 피어난 검고 붉은 연기.

치이이익-!

그 연기 속에서 이안은 극도의 자제력을 발휘하고 있었다.

'됐다. 됐어! 됐다고!'

사실 이안이 연성한 키에클립스는 정확히 열 마리가 아니었다.

열 번의 연성으로는 남은 숙련도 경험치를 전부 채울 수 없었고, 때문에 완성된 키에클립스를 다시 분해 조립하는 작업으로 남은 숙련도를 더 채운 것이다.

두세 마리를 분해하여 획득한 재료를 사용하면 키에클립스를 한 번 더 연성할 수 있었고.

하여 이안은 총 열 다섯 번 정도의 연성 노가다를 할 수 있었다.

열 마리를 분해하여 다시 네 마리를 연성해 내고, 그 네 마리를 분해하여 다시 한 마리를 더 연성한 것이다.

아직 한 마리 더 연성할 수 있는 재료가 남아 있었지만, 이 무식한(?) 짓을 계속할 이유는 이제 없었다.

애초에 전설 등급의 마수를 다시 분해 조립 한다는 자체가 무척이나 사치스러운 짓이었으니 말이다.

쓰지도 않을 키에클립스를 연성하느니, 차라리 남은 재료들은 아껴 뒀다가 다른 마수를 연성할 때 사용하는 것이 나을 터.

이안 또한 극단적인 속도로 숙련도를 채우기 위해 감행한 것일 뿐, 평소 같으면 절대로 하지 않을 방식이었다.

'될지 안 될지 간당간당했는데, 돼서 다행이야.'

상태 창 위에 붉은 빛으로 반짝이는 '마스터'의 표식과, '마수 연성비술'이라는 연성술의 새로운 이름을 확인한 이안.

그는 만족스런 표정이 되어 히죽 웃었다.

어차피 '태초의 마룡' 재료가 전부 모이고 나면 연성 노가다를 통해 마스터를 먼저 찍고 연성 시도를 할 생각이었는데, 겸사겸사 마스터를 먼저 찍어 놓으니, 고대의 연성술을 떠나 기분이 좋은 것이다.

"후후."

그리고 잠시 후, 새로 생긴 고유 능력들을 훑어보며 행복한 기분을 만끽하던 이안은 다시 긴장한 표정이 될 수밖에 없었다.

이제는 인벤토리에서 '고대의 마수 연성술' 사본을 다시 꺼내어, 습득 조건이 충족되었는지 확인할 차례였으니 말이다.

'정황상 분명히 조건이 충족되었을 테지만…….'

지르딘은 분명, 해당 분야의 '마스터' 단계 달성을 키포인트라 이야기하였다.

NPC가 거짓을 이야기할 리는 없고, 때문에 이안은 조건이 충족되었을 것임을 9할 이상 확신하고 있었지만.

그렇다고 해서 만에 하나의 변수가 걱정되지 않을 수는 없는 것이다.

'정령 연성술은 상위 카테고리가 고대의 정령술이었던 것

같은데…… 설마 '

하지만 다행히도, 시스템은 이안의 추측을 배신하지 않았다.

띠링-!


-'고대 마수 연성술(사본)' 스킬 북을 오픈하셨습니다.

-상위 카테고리인 '마수 연성비술'을 보유하였습니다.

-조건이 충족되었습니다.

-'고대 마수 연성술(사본)' 아이템을 사용할 수 있습니다.


지르딘이 이야기했던 것처럼 마스터 숙련도가 된 마수 연성술 또한 상위 카테고리로 인식이 되었던 것이다.

'됐어!'

하여 이안은 상기된 표정으로 망설임 없이 책자를 습득하였다.

이제 이 고대의 마수 연성술만 습득하면, 어둠의 요새 콘텐츠는 깡그리 독식하게 되는 셈이니 말이다.


-'고대 마수 연성술(사본)' 아이템을 사용하셨습니다.

-'고대의 마수 연성술'을 습득하셨습니다!

-'고대의 마수 연성술' - Lv.1/숙련도 0%

-'고대의 마수 연성술'의 기본 스킬인, '마기 연성' 고유 능력을 습득

하셨습니다.

  -'고대의 마수 연성술'의 기본 스킬인, '고대 ' 고유 능력을 습득하셨습니다.

  ……중략……

  -고대의 실전된 연성술을 성공적으로 습득하셨습니다!

  -고대 연성술의 전승자가 되셨습니다.

  -이제부터 '고대의 마수 연성술'은 어떤 유저든 같은 경로의 습득이 불가능해집니다.


  다시 한번 이안에게 확인이라도 시켜 주듯, 깔끔하게 마지막 한 줄 까지 띄워 주는 시스템 메시지.

  "……!"

  졸고 있던 엘던이 깰까 봐 흥분을 참고 있던 이안이었지만, 이 순간만큼은 저도 모르게 탄성을 내지를 수밖에 없었다.

  "좋았어……!"

  그리고 이안의 그 행복한 비명에, 꾸벅꾸벅 졸고 있던 엘던은 화들짝 놀라며 일어날 수밖에 없었다.

  "이안느 님……? 무, 무슨 일이시죠?"

  엘던의 놀란 목소리에 그제야 흥분을 가라앉힌 이안이 멋쩍은 표정으로 뒷머리를 긁적였다.

  "아, 방금 협회 의뢰를 전부 끝냈거든요."

이어서 이안은 슬쩍 엘던의 눈치를 보았다.

혹시나 엘던이 의심의 눈초리를 보내진 않을까 싶어서 말이다.

하지만 다행히도, 엘던은 별다른 의심 없이 이안의 이야기를 믿어 주었다.

졸다가 일어난 엘던의 귀에는 이안이 의뢰를 끝냈다는 말만 들렸으니 말이다.

"오오, 수고하셨습니다!"

그리고 드디어 '고대의 다크발록' 연성이 가능해졌다는 사실에, 오히려 이안보다 더 흥분한 엘던.

그런 엘던의 모습을 본 이안은 속으로 피식 웃었다.

'후후, 이 친구도 천상 게이머네.'

새로운 마수 연성에 대한 기대감이 그의 표정 너머로 여실히 보였으니 말이다.

'기왕 이렇게 된 거. 저 친구 덕분에 빠르게 목표를 달성했으니…… 연성은 꼭 성공시켜 줘야지.'

어쨌든 엘던에게 거짓말을 한 것은 사실이었기에, 살짝 양심의 가책도 느끼고 있는 이안.

"지금 바로, 한번 시도해 보겠습니다."

"정말입니까?"

"약속은 당연히 지켜야지요."

"가, 감사합니다. 이안느 님. 지금 바로 세팅하도록 하겠습니다."

이안의 이야기가 떨어지자, 엘던은 곧바로 마수 연성을 위한 세팅을 시작하였다.

미리 준비해 두었던 재료를 하나하나 꺼내어, 이안이 편히 작업할 수 있도록 세팅하는 것이다.

그리고 이안은 한 걸음 뒤로 물러나 엘던이 하는 양을 흥미롭게 지켜보았다.

'자, 고대의 다크발록이라…… 연성에 어떤 재료를 사용하는지 한번 볼까?'

이 상황 자체가 흥미롭기도 하였지만, 고대의 연성술에 어떤 재료가 들어가는지 무척이나 궁금했으니 말이다.

게다가 레시피를 실물로 얻을 수는 없을지언정 머리로 기억은 할 수 있으니.

재료만 정확히 기억해 놓는다면, 시간 날 때 거점에 틀어박혀 무한 트라이할 생강이었던 것.

하여 연성 준비가 다 되어 갈수록, 이안은 점점 더 흥미로운 표정이 될 수밖에 없었다.

'자, 일단 데빌 드레이크를 저기에 두는 걸 보니, 저 녀석이 서브 재료로 들어가는 것 같은데…….'

데빌 드레이크를 발견한 이안이 두 눈을 반짝였다.

등급 자체는 영웅 등급에 불과한 녀석이지만, 희귀도로 따지면 어지간한 전설에 맞먹는 마수였으니 말이다.

저 녀석이 서브 재료로 들어간다는 것은 이 연성 레시피가 확실히 최고급 레시피라는 뜻이니, 이안의 관심이 더 커지는 것은 당연한 수순이었다.

'자, 이제 주재료가 중요한데…… 서브로 영웅 등급이 들어갔으니, 베이스 마수도 당연히 영웅 등급이려나?'

하지만 그저 흥미로운 표정으로 엘던을 지켜보던 이안은 잠시 후 다시 평정심을 잃을 수밖에 없었다.

"……?"

모든 준비를 마친 엘던이 마지막으로 소환한 두 마리의 마수가 너무도 충격적인(?) 녀석들이었으니 말이다.

캬아아오-!

캬아아악!

각각 흉포한 소리를 뿜어내며, 엘던의 앞에 나타난 칠흑빛의 두 마리 마수들.

'저, 저건……! 다크발록이랑 데빌 피닉스잖아?'

당연히 영웅 등급의 마수 두 마리로 전설 등급의 고대 마수를 연성하는 줄 알았던 이안으로서는, 뜬금없이 재료로 등장한 두 마리의 전설 등급 마수가 충격적일 수밖에 없었던 것이다.

하여 이안의 두뇌는 빠르게 회전하기 시작하였다.

'이러면 설마…… 저 엘던이라는 녀석이 연성하려던 고대의 다크발록이라는 게, 신화 등급의 레시피였던 거야?'

이안은 멍한 표정이 되었다.

지금까지 그는 엘던이 만들려던 고대의 다크발록을 전설 등급으로 오해하고 있었고, 때문에 그렇게까지 크게 생각지 않고 있었던 것이다.

고대의 다크발록 레시피를 훔쳐보는 것은 고대의 연성술을 배운 뒤에 딸려 올 작은(?) 보너스 정도로만 생각하고 있었던 것.

그리고 이안의 그러한 추측은 너무도 당연한 것이었다.

발록 전문가나 다름없는 이안은 이미 다크발록이 전설 등급의 마수라는 사실을 잘 알고 있었으니.

'고대의'라는 수식어가 붙었더라도 단순히 다른 종류의 다크발록쯤으로 생각된 것이다.

'하, 미치겠네. 이럴 수가 있나……'

하여 이안은 무척이나 생각이 복잡해지기 시작하였다.

본의 아니게(?) 신화 등급의 레시피를 알게 되었다는 사실이 기쁘면서도, 반대로 커다란 부담감이 스멀스멀 피어오르기 시작한 것이다.

'신화 등급의 연성…… 해낼 수 있을까?'

전설 등급의 연성인 줄 알고 자신 있게 해 주겠다고 한 대리 연성이 알고 보니 신화 등급의 연성이었으니.

아직 한 번도 신화 등급의 연성을 시도해 본 적 없는 이안으로서는, 커다란 부담감이 차오를 수밖에 없는 것.

'젠장, 이제 와서 못 하겠다고 할 수도 없고…….'

하지만 그러한 이안의 심리 상태를 아는 것인지 모르는 것인지, 해맑은 표정으로 다가온 엘던은 이안의 손을 덥석 끌어 쥐었다.

"다 준비했습니다, 이안느 님!"

"그, 그렇습니까?"

"그럼, 이안느 님만 믿겠습니다……!"

마음속 깊은 곳에서부터 동요하는 이안과 달리, 엘던의 표정은 무척이나 해맑았다.

전설 등급의 마수를 어마어마한 속도로 찍어 내는 이안의 실력을 보았으니, 그가 신화 등급의 고대 마수를 연성할 수 있을 것이라고 철석같이 믿어 버린 것이다.

하여 얼떨결에 고개를 끄덕인 이안은 침중한(?) 목소리로 천천히 다시 입을 열었고.

"최대한…… 성공시켜 보겠습니다."

반면에 신이 난 엘던은, 두 손을 비비며 마수들 앞에 올라섰다.

"그럼, 시작하겠습니다……!"

연성을 시작하는 엘던의 움직임은 경쾌하였다.

이안의 내면 상태를 모르는 엘던으로서는 신이 날 수밖에 없는 상황이었으니 말이다.

레시피대로 마수들과 재료들을 집어넣고, 조심스레 마법

진을 세팅하는 엘던!

마법진 자체는 이안이 그리더라도 레시피의 주인은 엘던이었기에, 연성의 절반 정도를 차지하는 과정은 엘던의 몫이었던 것이다.

그리고 모든 준비가 끝나자, 이제 이안의 차례가 돌아왔다.

"자, 부탁드립니다!"

"알겠습니다, 엘던 님."

엘던과 눈빛을 교환한 이안은 마법진에 올라섰다.

그리고 엘던 몰래, 인벤토리에 있던 최상급 마령석 두 개를 레시피에 추가하였다.

연성의 성공률을 대폭 올려 주는 고가의 재료를 망설임 없이 투척한 것.

'무조건 성공해야 해……!'

최상급 마령석의 가치는 거의 엘던에게 받은 로튬과 맞먹는 수준이었지만, 이안은 전혀 아깝지 않았다.

신화 등급의 마수 연성은 전설 등급과는 차원이 다른 것이었고.

그 레시피를 알게 되었다는 사실만으로도 마령석 두 개 정도는 아무것도 아니었으니 말이다.

오히려 마령석을 사용치 않고 실패한다면, 그에 대한 양심의 가책이 훨씬 더 클 수준.

'좋아⋯⋯! 해 보자!'

게다가 신화 등급의 연성에 성공한다면 그 숙련 경험치도 어마어마할 것이었으니, 이안은 진중하게 마법진을 그려 나가기 시작하였다.

우웅- 우우웅-!

그리고 이안의 연성에 방해되지 않기 위해 멀찍이 떨어진 엘던은 그 광경을 숨죽여 지켜보기 시작하였다.

'제발⋯⋯! 성공해야 하는데⋯⋯!'

하여, 그렇게 거의 1시간 정도의 시간이 흘렀을까?

이안의 손끝에서 퍼져 나온 빛이 마법진 전체를 휘감았고.

구구궁-!

바닥에 그려진 복잡한 마법진의 위에서, 붉은 빛이 폭사되기 시작하였다.

마수 연성술 협회는 콘텐츠를 티어로 분류하자면 최상위 티어라 할 수 있는 콘텐츠였다.

중간계에 수백만이 넘는 유저가 들어온 이 시점에도, 협회의 존재를 아는 이조차 손가락에 꼽을 정도였으니 말이다.

게다가 연성술에 한해서는 자신이 세계 랭킹 1위라고 생각하는 엘던조차도, 겨우 조건을 충족하여 가입할 수 있었던 곳이 바로 이 협회.

그 때문에 엘던이 이안에게 거리낌 없이 신화 등급의 연성을 맡긴 이유도, 여기에 있다고 할 수 있었다.

카일란 세계관 내에서 연성술 고인물(?)이나 다름없는 이들이 바로 이 연성술 협회의 NPC들이었고.

이제 갓 조건을 충족하여 가입한 엘던보다는 그들의 실력이 출중할 수밖에 없었으니 말이다.

엘던은 이안을 협회의 NPC라고 철석같이 믿었기 때문에, 그에게 망설임 없이 연성을 맡길 수 있었고.

심지어는 이안을 협회에서도 최상위 연성술사라고 착각하고 있었다.

'협회를 아무리 뒤져도 고대의 연성술을 아는 이가 없었는데…… 저 이안느라는 녀석은 분명 협회 내 최상위 연성술사일 거야.'

물론 그렇다고 엘던이 연성 실패의 가능성을 염두해 두지 않은 것은 아니었다.

신화 등급의 연성이 뉘 집 개 이름도 아니고, 자신이 전설 연성에 실패할 때도 많듯, 이안느 님(?)도 실패할지도 모른다는 생각 정돈 하고 있었던 것이다.

다만 세 번 정도는 연성에 트라이할 수 있을 만큼 재료를 모아 두었기 때문에, 그 안에는 이안이 성공시켜 주리라고 생각한 것.

'그래도 기왕이면 한 번에……!'

멀찍이 떨어져 이안의 연성을 지켜보는 엘던은 오히려 이안보다 더 긴장했는지, 식은땀을 줄줄 흘리고 있었다.

이 연성 한 번의 성공에, 말 그대로 천문학적인 액수의 가치가 왔다 갔다 하니.

마법진에서 빛이 반짝일 때마다, 엘던의 표정도 시시각각 변할 수밖에 없는 것이다.

며칠간 수면 부족으로 잠이 쏟아지는 상황에서도, 이안이 연성을 진행하는 긴 시간 동안 그 어느 때보다 또렷한 정신을 유지하는 엘던.

그리고 그런 그의 간절한 염원이 통했을까?

이안이 그려 낸 마법진에서, 화려한 빛줄기가 터져 나오기 시작하였다.

우웅- 우우우웅-!

세밀하고 얇은 선으로 만들어진 화려한 문양에서 빛이 흘러나오며, 붉은 광휘가 마법진 위에서 휘몰아치기 시작한 것.

고오오오-!

그것을 확인한 엘던은 자신도 모르게 자리에서 벌떡 일어날 수밖에 없었다.

"오오……."

그가 자신의 연구실에서 연성했을 때와는 확실히 다른 이펙트가 터져 나오고 있었으니 말이다.

'성공인가? 성공······?'

그리고 고대의 연성술사(?) 이안느 님은 엘던의 기대에 완벽히 부응하였다.

띠링─!

─연성의 재료들이 성공적으로 감응하기 시작합니다.

─마법진의 완성도 : 99.93%

─레시피에 맞는 재료들이 융합되었습니다.

······중략······

─조건이 충족되었습니다!

─마법진이 강렬한 마기에 휩싸입니다!

─고대의 마수 연성술에 성공하셨습니다!

─'고대의 마수 연성'을 성공적으로 완료하셨습니다!

─연성 기여도 : 62%

─마수 연성 기여도에 비례하여, 마수 연성술의 경험치가 증가합니다.

······중략······

─연성 등급 : A+

─연성 등급이 A등급 이상이므로, 마수의 등급이 한 단계 상승합니다.

─신화 등급의 마수, '고대의 다크발록'이 탄생했습니다.

─최초로 고대 마수 연성을 성공하셨습니다!

─명성(초월)이 10만만큼 상승합니다.

-'마수 연성술'의 숙련도가 추가로 25%만큼 상승합니다.

  -'고대의 다크발록' 최초 연성을 달성하여, 연성으로 획득하게 되는 숙련도가 기존 수치의 1,000%만큼 증가합니다.


기다리고 기다렸던 그 내용의 시스템 메시지가 주르륵 떠오르면서, 마법진 위에 거대한 한 마리의 발록이 나타났으니 말이었다.

크르르르-!

스하아-!

다크발록이라는 그 이름에 맞게, 온통 시커먼 연기에 둘러싸인 강렬한 악마의 모습.

"오오……."

어마어마한 연성 경험치와 함께 연성술의 숙련도가 1레벨 상승했음에도 불구하고, 엘던의 눈에는 지금 그것이 들어오지 않았다.

눈앞에 나타난 늠름한 고대의 다크발록이 그의 시야를 가득 채우고 있었으니 말이다.

"아, 아아……! 이것이 고대의 다크발록!"

외형부터가 일반 다크발록과는 차원이 다를 정도로, 화려하고 흉포한 생김새를 가진 고대의 다크발록!

쿵- 쿵-!

이안의 앞에서 돌아 나와 엘던의 앞에 선 녀석이, 묵직한 목소리로 천천히 입을 열기 시작하였다.

　-나를 소환한 이가…… 바로 그대인가.

　협회의 연성실을 가득 채운, 거대한 다크발록과 어둠의 기운들.

　이 순간 가장 기쁜 이가 엘던이었다면 그 못지않게 행복(?)한 인물은 바로 이안이었다.

　아니, 조금 더 정확히 말하자면.

　이안의 감정은 놀람과 당혹감이 섞인, 복잡 미묘한 감정이었다.

　'해 냈어…….'

　연성의 성공을 확신한 순간, 일단 이안이 처음 느낀 감정은 안도감이었다.

　만약 이 연성에 실패하여 엘던의 재료를 전부 날려 먹기라도 했다면, 적지 않은 죄책감이 들었을 게 분명했으니 말이다.

　물론 엘던이 적대 진영인 마족의 유저라고는 하지만, 그래도 죄책감은 그것과 별개의 감정인 것.

　하지만 이안은 엄청난 집중과 집념으로 결국 연성을 성공해 내었고, 안도할 수 있었다.

'휴우, 첫 신화 등급의 연성을 이런 식으로 하게 될 줄이야.'

이안은 당연히 자신의 첫 신화 등급 연성은 '태초의 마룡'이 될 것이라 생각했었다.

한데 이렇게 의외의 상황에서, 그것도 대리 연성으로.

첫 번째 신화 연성을 성공하게 될 줄은 꿈에도 몰랐었다.

'뭐, 좋은 게 좋은 거니까.'

하지만 이안의 안도감은 거기서 끝이 아니었다.

발록이 등장하며 연성 성공의 메시지가 떠오르기 시작하자, 이안의 두 동공은 점점 더 확대될 수밖에 없었으니 말이다.


–연성의 재료들이 성공적으로 감응하기 시작합니다.

–마법진의 완성도 : 99.93%

–레시피에 맞는 재료들이 융합되었습니다.

……중략……

–연성 등급 : A+

–최초로 고대 마수 연성을 성공하셨습니다!

–'고대의 마수 연성술'의 숙련도가 추가로 25%만큼 상승합니다.

–'고대의 다크발록' 최초 연성을 달성하여, 연성으로 획득하게 되는 숙련도가 기존 수치의 1,000%만큼 증가합니다.


일단 어마어마하게 쏟아져 들어오는 연성 숙련도부터 놀라운 것이었지만, 여기까지는 이안도 예상했던 범주 안이었다.

레시피의 주인인 엘던뿐만 아니라, 마법진을 그린 이안 또한 당연히 최초 연성에 이름을 올릴 것을 알고 있었으니 말이다.

　다만 이안을 진짜 놀라게 한 것은, 여기부터 시작이었다.


　-'고대의 발록' 연성에 성공하여, 특수한 조건이 충족됩니다.
　-'발록 전문가' 칭호의 숨겨진 봉인이 개방됩니다.


　'엇? 뭐라고……?'

　사실 이안은 꽤 오래전부터 '다크발록'의 존재에 대해서 이미 알고 있던 상태였다.

　아니, 알고 있는 정도가 아니라, 이미 다크발록을 연성해 본 경험도 있는 인물이 바로 이안이었다.

　'크르르를 만들면서, 최소 두 놈은 만들었었지.'

　과거 발록의 서식처에 틀어박혀 미친 듯이 발록 연성에 매달렸을 때, 파괴의 발록인 크르르를 연성해 내면서, 다크발록도 몇 번 성공시킨 적이 있었던 것이다.

　크르르와 같은 전설 등급인 다크발록은 당연히 능력치나 스킬 구조가 훌륭했지만, 이안의 전투 스타일과 맞지 않아 크르르를 선택했던 것.

　물론 크르르가 조금 더 우월한 마수이기도 했고 말이다.

　'정확히는 스텟 비율로 따졌을 때, 파괴의 발록이 우월했

었지.'

그리고 그때의 노가다로 얻었던 칭호가, 바로 '발록 전문 가'라는 칭호.

발록 전문가는 '발록' 종족에 한해 잠재력이 높은 녀석을 포획할 확률을 올라가게 해 주는 꿀 같은 칭호였으며.

하여 이안은 그 이후에도, 이 칭호를 꽤나 오랫동안 유용 하게 써먹었던 기억이 있었다.

하지만 칭호 정보 창의 마지막 줄에 쓰여 있는 '봉인' 옵션은 잊고 있었는데, 그게 생각지도 못했던 타이밍에 개방된 것.

띠링-!

-'발록 전문가' 칭호가 상위 칭호로 진화합니다.
-'발록 창조자' 칭호를 획득하셨습니다!

그리고 이렇게 새로 생겨난 칭호는 그야말로 놀라운 내용 을 담고 있는 것이었다.

**발록 창조자**

**분류** : 칭호
**등급** : 신화(초월)
셀 수 없이 많은 발록들을 연구하고, 새로운 발록을 창조해 낸 당신. '발 록 창조자' 칭호는 마수 연성 학계에 길이 남을 업적을 이뤄 낸 이에게 만 부여되는 명예로운 칭호입니다.

'이건, 대박이잖아?'

상위 잠재력이 뜰 확률을 높여 주는 것만 해도 충분히 훌륭한 칭호였는데, 연성 확률 증가에 등급까지 1티어 상승시켜 주는 칭호라니.

비록 발록 종족에 한정되기는 하였지만, 이안은 지금껏 이런 수준의 효과를 가진 칭호는 본 적이 없었다.

비전투 클래스 관련 칭호에 한정 짓는다면 말이다.

'미친! 이러면 발록 노가다 한 번 더 하러 가고 싶어지는데…….'

그리고 더 충격적인(?) 것은 시스템 메시지가 여기서 끝이 아니라는 점이었다.


-신화 등급의 연성 과정에서, 새로운 영감을 얻었습니다.

-보유하고 있던 '파괴의 발록' 레시피가 상위 티어의 레시피로 진화합니다.


"뭐……?"

띠링—!

－새로운 마수 연성 레시피를 획득하였습니다!
－'고대 파괴의 발록' 레시피를 습득하였습니다!


마수 연성을 미친 듯이 하다 보면, 여러 가지 연성 결과에
따라 새로운 레시피가 생성되는 경우가 있다.
　하지만 그런 일은 극히 드문 경우였고, 수백 가지 이상의
경우의 수가 우연의 일치로 맞아떨어졌을 때나 가능한 일.
　'미, 미쳤다.'
　그 때문에 신화 등급의 연성에서 이런 이벤트가 생기는 것
은 정말 말도 안 되는 낮은 확률이었고, 때문에 이안은 전율
할 수밖에 없었다.
　단순히 연성술 마스터를 찍고 고대의 연성술을 배우기 위
해 시작했던 이 프로젝트(?)에서, 이런 말도 안 되는 결과물
들을 얻게 될 줄은 상상조차 하지 못했으니 말이다.
　'이거 엘던한테 가서 절이라도 해야 되는 건가?'
　딱히 엘던이 한 일은 없었지만, 마치 그에게 빚을 진 느낌
이 되어 버린 것.
　고대 파괴의 발록이 신화 등급의 마수인 것으로 추측해 보
건대, 크르르를 신화 등급의 마수로 업그레이드시킬 수 있게
된 상황이나 다름없었으니.

이안은 그야말로 로또를 맞은 기분이었다.

'젬생, 이렇게 행복해도 되는 건가?'

하여 잠시 멍한 표정이 되어 있던 이안.

"……."

그런 그의 상념을 깨워 낸 것은 행복에 겨운 엘턴의 목소리였다.

"이, 이안느 님! 크흑! 정말 감사합니다!"

한편, 마수 연성 협회의 지하 연성실에서, 이안이 그렇게 행복한 꿈을 꾸고 있던 그 무렵.

부글부글-.

기이잉-!

이안의 심부름(?)을 수행 중인 조나단은 무척이나 긴박한 상황 속에서 고통받고 있었다.

'크윽, 이런 일인 줄 알았으면…… 무조건 미리 손절했을 텐데…….'

드르륵- 쿵-!

온통 차가운 냉기로 가득한, 어둡고 깊은 얼음 호수의 심연.

그 깊숙한 곳으로 잠수한 조나단은 까만 금속으로 만들어진 무언가를 낑낑거리며 움직이고 있었다.

'조금, 조금만 더……!'

지금 조나단이 하고 있는 일은 표면적으로는 어려운 일이 아니었다.

샤이야의 얼음 호수 깊숙한 곳에 설치되어 있는 '마력 환원 장치'에 이안으로부터 받은 마력 차단 장치를 끼워 넣기만 하면 되는 일이었으니 말이다.

최상급 암살자 랭커인 조나단에게, 어둠의 군단의 눈을 속이고 봉우리 안쪽으로 잠입하는 것은 그리 어려운 일이 아니었으며, 마력 차단기의 작동법도 무척이나 쉬웠으니.

겉으로는 어려울 것이 하나도 없어 보이는 퀘스트였던 것이다.

하지만 조나단이 간과한 것은 정말 생각지도 못한 부분에 있었다.

'마력 환원 장치라는 게, 이렇게 깊숙한 호수 안쪽에 있을 줄이야…….'

그것은 바로, 그가 수영을 잘 못한다는 사실.

미끌-.

'으아아아!'

깊은 수중에서 숨을 참아 가며 차단기를 설치하는 과정에서 조나단은 거의 탈진하기 직전이 되어 있었던 것이다.

'제발, 제발……! 이번엔 성공해야 해!'

마력 환원 장치 곳곳에 낀 이끼들 때문에 손이 미끄러질 때마다, 스트레스 지수가 팍팍 상승하는 조나단.

차라리 환원 장치가 호수 바닥에 붙어 있었다면 발을 딛고 움직이며 빠르게 작업할 수 있었을 텐데, 둥근 구 형태의 마력 환원 장치는 호수 중앙에 둥둥 떠 있었으니.

수영을 못 하는 조나단으로서는 무거운 차단기를 끼워 넣는 작업이 고통스러울 수밖에 없는 것이다.

'끄으으으......'

숨을 못 참고 물 밖으로 나갔다 들어온 게, 벌써 열 번도 넘은 상황!

게다가 시간을 더 끈다면 어둠의 군단도 그의 잠입을 알아챌 확률이 높았으니, 조나단은 점점 더 초조해지기 시작하였다.

'이번엔 무조건 해내야 해.'

하여 조나단은, 혼미해지는 정신을 어떻게든 부여잡고 버텨 내었고.

띠링-!

급기야 카일란을 플레이하면서 단 한 번도 본 적 없던 종류의 메시지까지 보게 되었다.

-산소 공급이 필요합니다.
-이상 상태가 지속되어, 생명력이 감소하기 시작합니다.
-지금부터 초당 2%만큼의 생명력이 감소합니다.

……후략…….

'제기랄, 익사하는 것도 가능한 게임이었어?'
이를 악문 조나단은 안간힘을 쓰며 발장구를 가속하였다.
어떻게든 차단기의 이 마지막 부위를 환원기 안으로 밀어 넣어야, 퀘스트가 클리어되니 말이다.

－생명력이 절반 이하로 떨어졌습니다.
－수중에서 벗어나지 못한다면, 사망할 수 있습니다!

지속적으로 떠오르는 경고 메시지에도 불구하고, 어떻게 든 끝장을 보겠다는 마인드로 차단기를 움직이는 조나단!

－생명력이 20% 미만으로 떨어졌습니다.
－상태 이상으로 인해, 모든 능력치가 30%만큼 감소합니다.

온몸이 저리는 느낌에도 불구하고 조나단은 안간힘을 쓰 며 쇳덩이를 밀어 넣었고.
그 결과, 결국 차단기를 설치하는 데 성공할 수 있었다.

－'마력 차단 장치'를 성공적으로 설치하셨습니다!
－'마력 환원 장치'의 마력 공급이 중단됩니다.

테이밍마스터

-조건이 충족되었습니다!

-샤이야 봉우리의 자연 마력이 회복되기 시작합니다!

......후략......

    조나단의 입장에서는 어둠의 군단장 암살 퀘스트보다도 더 어렵게 느껴졌던 지옥 같은 퀘스트를 드디어 클리어하는 데 성공한 것이다.

    '됐어!'

    하지만 차단기 설치에 끝났다고 해서, 모든 상황이 종료된 것은 아니었다.

-생명력이 10% 미만으로 떨어졌습니다.

-상태 이상으로 인해, 모든 능력치가 50%만큼 감소합니다!

    끝까지 버티며 차단기를 설치한 탓에, 조나단의 생명력은 거의 바닥까지 떨어진 상황이었고.

    이대로라면 5초 이내로 회색 화면을 보게 될 테니 말이었다.

    조나단의 수영 실력으로 5초 안에 호수 밖으로 벗어난다는 것은, 거의 불가능이라고 봐도 무방한 수준이었던 것.

    '젠장!'

    하지만 다행인 것은, 조나단이 아무런 대비 없이 이렇게 무리한 것은 아니라는 점이었다.

'이걸 이런 곳에서 쓰게 될 줄이야⋯⋯.'

혹시 몰라 상비해 두고 있던 즉발형 귀환 스크롤이 인벤토리에 한 장 남아 있었던 것이다.

물론 그것은 랭커인 조나단에게도 부담이 될 만큼 비싼 잡화 아이템이었으나, 사망 페널티를 받는 것보다는 스크롤을 찢는 것이 몇 배는 나은 선택이었던 것.

하여 조나단은 다급히 스크롤을 꺼내어 찢었고, 덕분에 사망 페널티를 받는 최악의 상황은 면할 수 있었다.


−'초월자의 귀환 스크롤' 아이템을 사용하셨습니다.

−마지막에 저장된 위치로 자동 귀환됩니다.

우우웅−!


그리고 새파란 빛무리에 휩싸여 호수 밖으로 빠져나가는 조나단은 누군가가 머릿속에 떠올랐는지 고개를 절레절레 저었다.

이어서 두 주먹을 불끈 쥐며, 단단히 다짐(?)하였다.

'이번이 끝이야, 끝. 이제 이안 놈이랑 같이 뭐라도 더 하나 봐라.'

물론 조나단이 그 다짐을 지켜 낼 수 있을지는 지켜봐야 할 일이지만 말이었다.

오늘도 여느 때와 마찬가지로 평화롭기 그지없는 중간계의 중립 지역 크루니아 내성.

　그런데 이 평화로운 중립 지역의 한쪽 구석에서 다소 요상한(?) 실랑이가 벌어지고 있었다.

　"스승님으로 모시고 싶습니다, 이안느 님……!"

　"아니, 그러니까 그게…….."

　"이안느 님과 같이 고대의 연성술을 연구하고 싶습니다! 받아 주십시오!"

　"에, 그러니까 그게…… 너무 급작스럽기도 하고…… 제가 그럴 수 있는 역량도…….."

　"신화 등급의 고대 마수를 한 번에 연성해 내셨는데, 역량이 부족하다니요! 당치도 않은 말씀입니다."

　"무튼 지금은 좀 곤란…….."

　이안 덕에 고대의 마수 최초 연성에 성공한 엘던이 그를 스승으로 모시겠다며 보내 주지 않고 있었던 것이다.

　'하, 이놈은 왜 이렇게 끈질긴 거야?'

　그리고 이안은 엘던이 자신을 스승으로 모시겠다고 하는 이유에 대해 잘 알고 있었다.

　마수 연성술 협회에는 사제 시스템이라는 것이 있었는데, NPC를 스승으로 모시게 되면 그로부터 많은 정보와 지원을 받을 수 있는 구조였던 것이다.

이것은 처음 협회에 가입할 때 설명해 주는 것이어서, 이안 또한 알고 있는 시스템이었던 것.

'젠장, 곤란한데…….'

때문에 이안이 곤란해하는 것은 너무도 당연한 것이었다.

유저인 이안이 엘던의 요구를 들어줄 수 없음은 물론이었거니와, 이렇게 실랑이를 하다가는 정체가 들통날 수밖에 없었으니 말이다.

'이안느'라는 NPC가 존재하지 않는다는 것을 알게 된 순간 무슨 일(?)이 벌어질지 모르는 것.

'아, 이 찰거머리 같은 놈을 어떻게 떼어 놓지……?'

하여 이안은 빠르게 머리를 회전시키기 시작하였다.

그는 지금 1초라도 빨리 길드 거점으로 돌아가, 새로 얻은 '고대 파괴의 발톱' 레시피를 분석해 보고 싶은 마음이 굴뚝같았는데.

찰거머리 같은 엘던 때문에 피 같은 시간을 빼앗기고 있었으니 말이다.

'우리 크르르, 빨리 신화 등급으로 승진시켜 줘야 하는데!'

하여 이안은 필사적으로 머리를 굴린 끝에, 기발한(?) 생각을 해 낼 수 있었다.

어쩌면 미봉책일지도 모르지만, 엘던을 떼어 놓을 그럴싸한 방법을 생각해 낸 것이다.

"엘던 님."

"옙?"

"정말…… 제 제자가 되고 싶으십니까?"

"무, 물론입니다!"

"정 그러시다면…….'

엘던에게 슬쩍 운을 띄워 둔 이안은 빠르게 인벤토리를 뒤지기 시작하였다.

그리고 오래 전 만들어 두었던, 꼬깃꼬깃한 종이 하나를 꺼내어, 엘던에게 건네주었다.

"이것은…… 연성 레시피가 아닙니까?"

"그렇습니다."

"한데 이것을 왜 제게…….'

이안이 엘던에게 건네준 것은 다름 아닌 마수 연성 레시피.

과거 이안이 카노엘의 퀘스트를 도와주며 알아내었던, 마수 연성의 비밀이 담겨 있는 레시피였다.

'아무리 엘던이라도, 이 연성레시피에 담겨 있는 비밀을 알아내려면…… 최소 1주일은 걸리겠지.'

엘던과 눈이 마주친 이안은 천천히 다시 입을 열었다.

"이 레시피의 연성에 성공하신다면, 다시 저를 찾아오십시오."

"이건, 그냥 영웅 등급 마수 연성 레시피 아닙니까?"

의아한 표정으로 반문하는 엘던을 향해, 이안은 고개를 절레절레 저으며 다시 입을 열었다.

"설마, 엘던 님께 평범한 영웅 등급의 레시피 연성을 이야기했겠습니까?"

"그럼……?"

"제가 과거 연구했었던, 특별한 연성의 비밀이 담겨 있는 레시피입니다."

"……?"

"연성에 성공한다면 자연히 그 비밀을 알게 되시겠지요."

마수 연성술이라는 클래스는 절대로 탐구심과 호기심 없이 성장할 수 있는 클래스가 아니다.

극한의 연성 노가다를 해 내려면, 새로운 연성법에 대한 궁금증과 집착이 뒷받침돼야 하니 말이다.

때문에 이안이 건넨 레시피는 엘던으로선 거부할 수 없는 매혹적인 미끼라고 할 수 있었다.

"이 레시피에 담긴 연성술을…… 성공시키기만 하면 되는 거지요?"

"물론입니다."

"연성을 성공한 이후에는 다시 협회로 돌아오면 되는 겁니까?"

그리고 결정적으로 이안은 '엘던'이라는 짐을 누군가(?)에게 떠넘길 생각을 하고 있었다.

이안은 고개를 절레절레 저으며, 엘던을 향해 다시 입을 열었다.

"저를 찾아오실 필요는 없습니다, 엘던."

"그게 무슨……?"

"협회에 돌아오셔서, '세르비안'을 찾으십시오."

"세르비안……이라면……."

"제 스승님이시자, 마수 연성술의 대부와도 같은 분입니다."

"……!"

"그분의 제자가 되신다면 굳이 제게 배우실 이유가 없으니…… 그렇게 하시는 게 어떻겠습니까?"

이안이 준 레시피를 성공시키기 위해서는 연성에 성공한 마수의 스텟 분배와 가중치에 대한 이해가 완벽히 수반되어야만 한다.

연성의 재료에 '카카루트'라는 마수가 베이스 마수로 들어가는 레시피인데.

민첩이 지능보다 높은 카카루트를 구하지 못한다면, 실패할 수밖에 없는 연성 레시피였으니 말이다.

보통 카카루트라는 마수는 민첩이 낮고 지능이 월등히 높은 마수였고, 때문에 민첩이 더 높은 카카루트를 구하기 위해서는 다른 연성법을 사용하여 변종 카카루트를 만들어 내야만 하는 것.

베이스 마수의 스텟 비율에 따라 연성된 마수의 능력치 분

배가 달라진다는 사실은 아직까지도 공식적으로 알려진 적 없는 비밀이었고.

때문에 이안은 엘턴의 관심을 다른 곳으로 돌릴 겸, 그에게 진 빚도 갚을 겸.

흥미로운 연구거리를 던져 준 것이다.

그리고 이안의 그 제안을 엘턴으로서는 거절할 이유가 없었다.

'세르비안은 분명, 마수 연성 협회에서도 장로급의 NPC였는데…….'

이안의 스승이라면 분명 고대의 마수 연성에 대해서도 알 것이었고(?) 그보다도 더 실력이 뛰어난 연성술사일테니, 굳이 이안의 제자가 되기를 고수할 이유가 없어진 것이다.

"그, 그렇게까지 말씀하신다면…….'

하여 이안에게 레시피를 받아 든 엘턴은 결국 그의 제안을 받아들였고, 덕분에 이안은 무사히(?) 마수 연성 협회를 빠져나올 수 있었다.

'휴, 거머리 같은 놈…….'

물론 귀환 스크롤 등의 다른 수단을 이용해 도주(?)할 수도 있었지만, 그랬다가는 자신이 유저였다는 것을 드러내는 꼴이 되어 버리니.

어떻게든 자연스런 방법으로 엘턴의 관심을 돌려놓은 것이다.

"휴우, 그럼 이제 슬슬 거점으로 돌아가 볼까……?"

엘던과 헤어진 이안은 크루니아 광장의 구석으로 나와 귀환 스크롤을 펼쳐 들었다.

우우웅—!

그리고 스크롤을 찢는 그의 표정은 무척이나 상기되어 있었다.

'으흐흐.'

거점으로 돌아가 신화 등급 파괴의 발록을 연성할 생각에, 벌써부터 기분이 들뜬 것이다.

파아앗—!

하지만 스크롤을 타고 거점으로 돌아온 순간, 이안의 계획은 급작스레 수정될 수밖에 없었다.

"어……? 조나단……?"

거점의 정문에 도착하여 걸음을 옮기려던 그의 눈에, 익숙한 얼굴이 들어왔으니 말이었다.

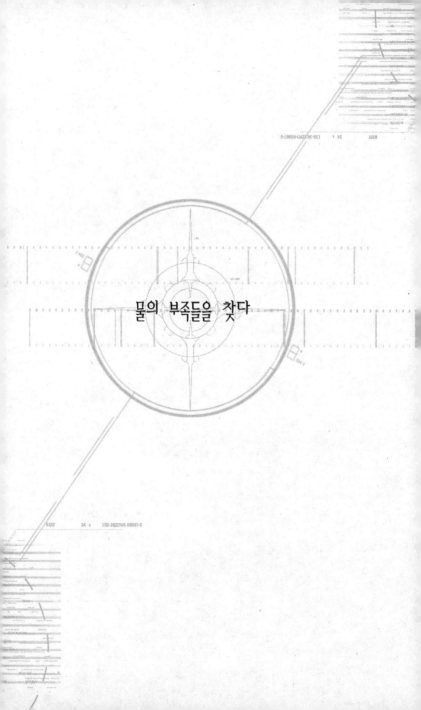

물의 부족들을 찾다

Taming
Master

약 보름 정도의 시간이 훌쩍 지나갔다.

이안이 정령계 사대 속성의 부족들을 규합하기 위해 움직이기 시작한 뒤로, 벌써 2주라는 시간이 흘러 버린 것이다.

짧다면 짧고, 또 길다면 긴 2주라는 시간.

그동안 정령계에서는 정말 다이내믹한 일들이 벌어지고 있었고, 그것은 공식 커뮤니티에 올라오는 게임 매체들의 기사 헤드라인만 봐도 알 수 있는 사실이었다.

−속보! 제2, 제3 차원의 균열 함락!

−이대로 정령계는 무너지고 말 것인가?

−정령계 지원 병력의 도착!

ー로터스와 세인트라이언의 약진! 제2차원의 균열 수복!

　　……후략…….


　　정령계와 기계문명의 전쟁은 모든 카일란 유저들의 관심
사일 수밖에 없었다.

　　기존에 용천이나 엘라시움, 명계 등의 다른 중간계를 공략
하던 랭커들까지도, 전부 다 정령계의 균열에 모여서 참전
중인 상황이었으니 말이다.

　　인간 진영의 랭커들이 전부 모인 정령계의 진영과, 마족
진영의 랭커들이 전부 모인 기계문명의 진영.

　　이번 이벤트는 사실 중간계에서 열린 첫 번째 대규모 전쟁
이자 메인 에피소드였기 때문에, 이렇게 대부분의 랭커들이
모인 것은 어쩌면 너무도 당연한 현상이라 할 수 있었다.

　　"크, 기사 대전이랑은 보는 맛이 또 다르네."

　　"역시 카일란은 대규모 전쟁이지."

　　"하…… 나도 참전 한번 해 보고 싶다."

　　"그냥 구경하는 걸로 만족하는 게 어때? 우리 레벨대로는
저기 들어가면…… 아마 푹찍일걸?"

　　"그냥 하는 말이지, 뭐. 어차피 레벨 조건 때문에 전쟁 퀘
받을 수도 없을 듯."

　　하지만 전쟁 에피소드가 시작되고 시간이 지나면 지날수
록, 기계대전쟁 에피소드는 점점 마족 진영 유저들의 축제로

변해 가기 시작하였다.

- 샤이야 봉우리를 함락한 어둠의 군단. 그리고 후방을 빼앗긴 정령계의 병력.
- 제4, 제5 차원 균열의 함락! 다시 위태로워지는 정령계!
- 최고의 전쟁 공헌도를 달성한 카이! 기사 대전의 패배를 만회하나?

처음 불의 부족들과 바람의 부족들이 전장에 합류했을 때만 하더라도 엇비슷해 보였던 전황이, 점점 더 기계문명 쪽으로 기울어져 갔으니 말이다.

랭커들의 활약과는 별개로 에피소드의 특성상, 정령계와 기계문명의 전력 차이는 유저들의 능력으로 메우기 어려울 만큼 큰 것이었다.

"으, 전쟁 공헌도고 나발이고…… 슬슬 발 빼야 하는 거 아냐?"

"그러게. 전력 차이가 크니, 공헌도 쌓기도 어렵고……."

"난 하던 퀘스트나 하러 가련다. 어차피 이번 에피소드는 승산이 없어."

"그러게. 애초에 스토리 진행상 기계문명이 이길 수밖에 없는 구조인데…… 괜히 참전한 것 같기도 하고……."

균열이 하나둘 함락당하면서 정령계의 진영이 확실히 열세에 빠지자, 인간 진영의 랭커들은 하나둘 발을 빼기 시작하였다.

열 손가락에 꼽을 정도로 강력한 전력을 가진 최상위권의 길드들은 공헌도를 포기하지 못하고 계속 버티고 있었지만, 애초에 자력으로 공헌도를 쌓기 힘든 중위권 이하의 길드들은 하나둘 이탈하기 시작한 것이다.

그리고 이것은 너무도 당연한 현상이었다.

기계문명의 병력을 자력으로 상대하기 힘든 수준의 유저들은 전쟁에서 기대할 수 있는 것이 전쟁 승리 보상 정도뿐이었는데, 도저히 정령계가 승리할 각이 보이지를 않으니 발을 뺄 수밖에 없는 것이다.

반대로 이미 수백만 단위의 공헌도를 쌓은 상위권 길드들은 죽을 맛이었다.

전쟁에서 패배하게 되면 공헌도가 절반으로 깎인다는 사실을 앎에도 불구하고, 이미 너무 많은 공헌도를 쌓았기에 포기할 수 없었으니 말이다.

"마스터, 우리도 여기까지만 하고, 발 빼는 게 낫지 않을까요?"

"그게 무슨 미친 소리야. 지금까지 쌓은 공헌도 싹 날리자고?"

"하…… 아깝기는 한데…….."

"전쟁 끝날 때까지 최대한 공헌도 파밍 해서, 절반이라도 가져가야지."

"후우, 그 시간에 다른 퀘스트 하는 게 더 이득인 것 같기도 한데…… 뭐가 맞는지 모르겠네요, 진짜."

전쟁에서 패배할 시 절반의 공헌도라도 남길 수 있었지만, 중간에 포기하고 전장을 이탈하면 단 한 톨의 공헌도도 챙길 수 없는 시스템이었으니.

패색이 짙어 가는 것을 보면서도, 이러지도 저러지도 못하는 상황인 것이다.

다만 인간 진영의 상위권 길드들 중에서도 아직 승리의 희망을 놓지 않고 있는 길드도 있었으니, 그것은 다름 아닌 로터스 길드였다.

"후, 버티기 힘드네, 진짜."

"이안 형은 대체 언제 오는 거야?"

"하, 균열 전부 뺏기기 전에는 이안이 돌아와야 하는데……."

이안이 정확히 어떤 퀘스트를 하고 있으며, 그것이 이 전쟁 에피소드와 어떤 관련이 있는지.

가장 잘 알고 있는 유저들이 바로, 로터스 길드의 길드원들이었으니 말이다.

"전략을 바꿔야겠어, 레미르 누나."

"어떻게?"

"아예 균열 하나에 집중해서, 이안이 돌아오기 전까지 어떻게든 지켜 내는 거야."

"그게 무슨……?"

"차라리 발러 길드가 있는 쪽으로 우리가 지원을 가서, 그쪽 균열을 필사적으로 지켜보자는 거지."

"흐음……."

"균열이 하나라도 남아 있어야, 이안이 퀘스트 깨고 왔을 때 뭐라도 해 볼 수 있지 않겠어?"

"그건 그래."

이안을 비롯한 로터스의 길드원들은 그간 쌓아 온 노가다로 인해 강력한 차원 마력 버프를 받을 수 있다.

반대로 기계문명의 기계들은 차원 마력에 전혀 영향을 받지 않는다.

차원 마력으로 인한 버프, 또는 디버프가 전혀 걸리지 않는다는 이야기.

이것은 차원 마력 저항력을 충분히 올리지 못한 중위권의 유저에게는 오히려 독이 되는 시스템이었지만, 로터스와 같은 최상위권 길드에게는 아주 유용한 시스템이었던 것이다.

그 때문에 헤르스는 어떻게든 균열을 하나 이상 사수해 두어야 이안이 돌아왔을 때 전황을 뒤집을 수 있을 것이라고 판단한 것이었다.

"확실히 발러 길드랑 힘을 합친다면, 균열 하나 정돈 지켜낼 수 있을 것 같은데……."

"올리버한테 연락해 보자, 헤르스 형. 지난번에 보니 그 친구, 우리 길드에 호의적이더라고."

"좋아. 그럼 그렇게 한번 해 보자고."

그리고 이렇게 전황이 급박하게 돌아갈 무렵.

이안은 드디어 지원군 퀘스트의 마지막 단추인, '물의 부족'들을 만나기 위해 움직이고 있었다.

엘던을 떼어 내고(?) 길드 거점으로 복귀하여, 때마침 돌아온 조나단과 마주친 이안.

그로부터 마력 환원 장치 해제를 성공했다는 이야기를 들은 이안은 곧바로 다시 정령계를 향해 이동하였다.

물론 크르르를 신화 등급의 마수로 연성해 주고 싶은 마음이 굴뚝같았지만, 쿨하게 포기하고 퀘스트를 진행한 이유는 따로 있었다.

레시피에 들어가는 재료들 중, 당장은 절대로 구할 수 없는 재료를 발견했으니 말이었다.

골드나 차원 코인이 아무리 많아도, 절대로 구할 수 없는 고대의 아티펙트.

고대의 아티펙트 연성술을 사용할 수 있는 이가 아직 유저들 중 아무도 없었기에, 이것은 경매장에서조차 구할 수 없는 재료였던 것이다.

물론 이안에게는 이 아이템을 구할 수 있는 수단이 있었다. 어둠의 요새에서 얻은 아티펙트 연성술을 가신인 '한'에게 습득시켜 두었으니 말이다.

다만 한조차도 아티펙트 연성술을 이제 막 습득했을 뿐이었고, 마기의 이빨 장식을 만들기 위해서는 제작에 필요한 레시피까지 알아내야 했으니.

이안이 아무리 빨리 크르르를 연성하고 싶다 하더라도, 당장은 불가능한 상황이었던 것이다.

그래서 이안은 아무런 미련 없이 정령계 퀘스트로 다시 방향을 선회할 수 있었고, 덕분에 지금 이안이 도착한 곳은 어느새 샤이야 산맥이었다.

다만 재밌는 점은, 이안과 더 이상 같이 다니지 않겠다고 맹세(?)한 조나단이 그의 뒤를 졸졸 따라오고 있다는 것이었다.

"어이. 간다더니 왜 또 따라오는 건데?"

"……."

"단검도 줬고, 약속했던 거 다 줬잖아."

"……."

"볼일 끝났으면 이제 그만 가 보라고."

"흐음, 그러니까, 그게……."

처음 이안의 심부름을 완수하고 거점으로 돌아올 때만 하더라도, 조나단은 더 이상 이안의 퀘스트(?)를 하지 않으리라 다짐했었으며, 실제로 그 다짐을 실행했었다.

－수고했어, 조나단. 역시 깔끔하군.

－약속했던 거나, 어서…….

－그거야 당연히 줘야지.

이안에게 단검과 퀘스트 보상을 받은 뒤, 곧바로 자신의 길드 파티로 복귀하려 했던 것이다.

진짜 어지간히 매력적인 보상을 제안하는 것이 아니라면, 칼같이 끊고 개인 퀘스트를 진행하러 움직일 생각이었던 것.

－약속은 확실히 지켜서 좋군. 그럼 난 이제 가 보도록 하지.

－응? 어딜 가려고.

－길드에 바쁜 일이 생기기도 했고, 너랑 더 다니다가는…… 뼈마디가 삭아 버릴 것 같아서 말이지.

　－엄살은…….

　－엄살이라니! 마력 환원 장치인지 뭔지. 그거 해제하다가 익사할 뻔했다니까?

　다만 문제는 역시, 이안이 제안한 보상의 매력이 '어지간한' 수준이 아니었다는 점이었다.

　－뭐, 그렇다면 할 수 없지. 그럼 잘 가라고.

　－흠흠.

　－다음 퀘스트를 도와주면 '파괴자의 부적'을 주려 했는데, 뼈마디가 삭을 것 같다니 어쩔 수 없지, 뭐.

　－……?

　이안이 보상으로 언급한 파괴자의 부적은 암살자 클래스라면 누구나 눈이 돌아갈 만큼 귀하고 매력적인 아이템이었던 것!

　인벤토리에 가지고만 있어도 암살자들이 가장 선호하는 옵션인 '방어 관통' 스텟이 5%나 상승하는 꿀템이다 보니, 익사를 경험할 뻔했던 조나단조차도 포기하기 힘들었던 것이다.

−저, 정말 파괴자의 부적을 준다고?

−일 없다. 가던 길 가셈.

그렇다면 파괴자의 부적이, 최상위급의 랭커인 조나단조차도 아직 구하지 못했을 만큼 귀한 아이템일까?

결론부터 말하자면 그것은 아니었다.

이미 조나단의 인벤토리에도, 파괴자의 부적이 있었으니 말이다.

다만 이 파괴자의 부적에는 특수한 옵션이 있었는데, 조나단의 눈이 돌아간 것은 이 옵션 때문이라 할 수 있었다.

*두 개 이상의 파괴자의 부적을 보유할 시, 모든 파괴자의 부적 옵션이 절반의 성능으로 적용됩니다.

*파괴자의 부적 옵션은 최대 5중첩까지 가능합니다.

파괴자의 부적 옵션인 방어 관통이 최대 다섯 번까지 중첩이 가능했기 때문에, 이미 세 장 가지고 있는 조나단에게도 너무 매력적인 아이템일 수밖에 없었던 것.

현재 조나단이 파괴자의 부적으로 얻은 방어 관통 스텟은 7.5%였는데, 이안에게 한 장 얻는다면 10%까지 맞출 수 있었던 것이다.

때문에 경매장에서도 구할 수 없는 이 귀한 아이템을 얻을 기회를 조나단으로서는 버릴 수 없는 것이 당연하였다.

"아니, 왜 아직 안 가고 있는데?"

"그러니까. 그, 파괴자의 부적……."

"길드에 바쁜 일이 있다며?"

"그, 그건…… 괜찮아졌어."

"……?"

하여 샤이야 봉우리까지 슬금슬금 따라온 조나단을 확인한 이안은 피식 웃을 수밖에 없었다.

어차피 이렇게 될 것을 알고 있었지만, 조나단이 하는 짓이 제법 귀여웠으니 말이었다.

'이제 그만 놀려 줄까……?'

하여 씨익 웃어 보인 이안은 조나단을 향해 다음 퀘스트를 공유해 주었고.

띠링-!

-'물의 부족을 찾아서 Ⅲ(연계, 히든, 에픽)' 퀘스트를 유저 '조나단'에게 공유하였습니다.

결국 그의 마수를 벗어나지 못한 조나단은 점점 더 이안이라는 수렁(?)으로 빨려 들어가기 시작하였다.

샤이야 산맥에 처음 도착한 이안과 조나단은 가장 먼저 끝없는 전투를 해야만 했다.

마력 환원 장치가 해제된 것을 알아챈 어둠의 군단이 샤이야 산맥을 더 철통같이 지키기 시작했으니.

물의 부족이 있는 곳까지 가기 위해서는 그들의 방어선을 뚫어야 했던 것이다.

그리고 여기까지는 조나단 또한 크게 불만이 없었다.

물론 전투의 난이도는 어마어마한 수준이었지만, 조나단 또한 이런 고난도의 전투를 즐기는 실력자였으니 말이다.

게다가 이안과 함께하는 전투는 무척이나 시원시원했으니, 오히려 만족스럽기까지 할 정도였다.

'후, 역시 이안인가…… 명불허전이군.'

하지만 그 치열한 전투가 끝난 뒤 얼마 지나지 않은 시점에, 조나단은 곧 첫 번째 후회(?)를 해야만 했다.

"그러니까, 이 호수 밑으로 다시 내려가야 한다는 거지?"

"그렇다니까. 퀘스트에 좌표가 떡하니 떠 있는데, 왜 또 물어보는 거야?"

"하아……."

물의 부족들이 있다는 퀘스트 목적지의 좌표가, 무척이나 낯익은 것이었으니 말이다.

'젠장!'

물의 부족들이 있는 곳이 바로, 조나단이 익사할 뻔했던 그 호수의 안쪽이었던 것.

'이번에도 또 수중 퀘스트라니…….'

물속에서 그 고생을 하며 익사할 뻔한 지 반나절도 채 지나지 않아, 또다시 물속으로 들어가게 생겼으니.

그렇지 않아도 이안으로부터 탈출하겠다는 다짐까지 했던 조나단으로서는, 자괴감(?)이 드는 게 당연한 것이다.

'아오, 진짜 흑우가 따로 없네.'

하지만 그의 자괴감은 여기서 끝이 아니었다.


"미루, 부탁해도 될까?."

"물론이야, 이안. 이 정도쯤이야."

이안의 말이 떨어짐과 동시에 그의 어깨 위로 작은 요정이 폴폴거리며 날아올랐고.

-القوة القديمة، تظهر طريقي…….

요상한 주문을 외우는 순간, 거대한 냉기의 바람이 호수를 향해 휘몰아치기 시작한 것이다.

고오오오오-!

요정의 작은 몸에서 퍼져 나온 빛이 거대한 한기의 폭풍이 되어 호수를 얼리기 시작한 것.

"뭐, 뭐 하는 거야?"

놀랍게도 얼어붙은 호수의 한복판에 커다란 얼음 동굴이 생겨나기 시작했고, 눈치가 빠른 편인 조나단은 이 요정이 뭘 하고 있는지 금방 알아챌 수 있었다.

'미친……! 물을 얼려서 길을 만들고 있잖아?'

얼어붙는 호수와 그 안쪽에 생기는 얼음길을 보며, 조나단은 두 가지의 감정을 동시에 느낄 수 있었다.

일단 다시 물속에 들어가지 않아도 된다는 안도감.

"후우……."

그리고 그와 동시에, 이안에 대한 강렬한 배신감을 느낀 것이다.

'이 사악한 놈!'

이런 고차원적인(?) 방법이 있었음에도 불구하고 이안이 이야기해 주지 않은 탓에, 이전 퀘스트에서 익사할 뻔했다는 생각이 들었으니 말이다.

"야이, 씨."

"갑자기 왜 그래?"

"이런 방법이 있었으면 진즉에 알려 줬어야……."

"아, 그럴 걸 그랬나?"

"후우……."

하지만 강한 분노(?)에도 불구하고, 조나단은 이안에게 화를 낼 수가 없었다.

화를 낸 다음의 시나리오가 또 머릿속에 뻔히 보였으니 말이다.

　-와 씨, 이안. 너, 너무한 거 아냐?
　-그럼 돌아가든가.
　-······!
　-난 여기 있으라고 한 적 없다?
　-혀, 형님······.


　파괴자의 부적에 대한 미련을 버리지 않는 한 조나단은 절대 '을'일 수밖에 없는 상황이었으니, 결국 찍 소리도 할 수 없었던 것이다.
　'그래. 참자, 참아. 파괴자의 부적만 손에 넣으면, 내가 뒤도 안 보고 길드 퀘 하러 돌아간다.'
　하여 혼자 분노를 삼키며 다시 조용해진 조나단과, 이안의 부탁을 들어주기 위해 계속해서 고대의 마법 주문을 외는 미루.
　그렇게 3분 정도의 시간이 지났을까?
　마법 영창을 끝낸 미루가, 이안의 앞으로 폴폴 날아 내려왔다.
　"다 됐어, 이안."
　"고마워, 미루."
　"고맙긴. 너 아니었으면 아직까지도 고통에 시달리고 있었을 텐데…… 이쯤은 당연히 도와줘야지."

"흐흣, 그래도 고마운 건 고마운 거야."

과거 이안 덕에 성령의 유물을 얻고, 끝없이 이어지던 고통에서 해방된 미루.

이안에 대한 그녀의 친밀도는 최상에 가까웠으니, 호의적일 수밖에 없었던 것이다.

게다가 친밀도를 떠나 미루가 이안을 돕는 가장 큰 이유는 공동의 적을 가지고 있기 때문이기도 하였다.

"고마우면, 나중에 파프마 녀석들이나 꼭 찾아서…… 심판해 줬으면 좋겠어."

"그야 당연하지, 미루. 그놈들은 정령계의 공적이나 다름없는걸."

지금의 미루를 탄생시킨 장본인이자, 그녀를 고통에 시달리게 만들었던 원흉.

정령계의 배신자 '파프마 일족'에 대한 적개심 또한, 이안을 돕게 만드는 중요한 원동력이었던 것이다.

하여 그러한 이유들 덕에 '최고 티어 NPC'인 미루의 도움을 받을 수 있었던 이안은 물의 부족이 있는 위치까지 어렵지 않게 이동할 수 있었다.

저벅-저벅-.

호수 주변을 지키던 어둠의 군단들까지 깔끔하게 박살 내어 놓았으니, 그들을 방해하는 존재도 없었고 말이었다.

하여 여유가 생긴 이안은 얼음 동굴을 걸어 내려가며 미루와 주거니 받거니 대화를 나누었다.

"지난번에도 봤지만, 미루의 능력은 정말 대단하단 말이야."

"헤헤, 대단하긴. 이안 너도 고대의 정령 마법을 배웠다면서?"

고대의 정령술을 사용하는 그녀와의 친밀도를 더욱 높여 놓는다면, 뭔가 콩고물이 더 떨어질 수도 있다는 생각에서 말이다.

"미루에 비하면, 아직 난 초보지 뭐."

"겸손은…… 다음에 한번 네 마법을 보여 줘, 이안. 네가 어떤 고대의 정령 마법을 쓰는지 궁금하네."

물론 당장 어떤 이득을 볼 수 있을 것이라고 생각지는 않았지만, 마치 농사짓는 농부의 심정이랄까?

씨를 뿌리고 물을 주듯, 주요 NPC와의 친밀도를 틈날 때마다 쌓는 것은 이안에겐 이제 패시브 스킬 같은 개념이 되어 버린 것이다.

그리고 이안과 미루가 대화하는 동안, 일행은 어렵지 않게 목적지까지 도달할 수 있었다.

애초에 미루가 정확한 좌표를 향해 얼음길을 만들어 준 것이었기에, 너무도 당연한 결과라고 할 수 있었다.

"주인, 아무래도 저긴 것 같다."

앞장서던 카카의 목소리를 들은 이안이 고개를 끄덕이며

카카가 가리킨 곳을 향해 시선을 움직였다.

그리고 다음 순간, 그의 눈에 살짝 이채가 어렸다.

'부락 자체가 수중에 있을 줄 알았는데…… 그건 아니었나 보네?'

미루가 만들어 준 얼음길은 호수의 깊숙한 곳을 따라 만들 어졌지만, 결국 곡선을 그리며 다시 수면으로 올라가, 물 바깥까지 이어져 있었던 것이다.

조금 더 정확하게 설명하자면, 지상이라기에는 무척이나 어둡고 신비로운 분위기의 동굴.

물의 부족들이 기거하는 부락은 호수를 통해서 이동해야 만 도착할 수 있는 샤이야 봉우리 깊숙한 곳의 비동이었던 것이다.

그리고 그곳에 도착한 이안은 절로 고개를 끄덕일 수밖에 없었다.

'이러니까 무슨 수를 써도 못 찾았던 거지.'

보름 전쯤 샤이야 산맥을 샅샅이 뒤졌음에도 불구하고 물 의 부족을 찾지 못했던 이유를, 완전히 깨달을 수 있었으니 말이다.

잠시 부락의 외관을 감상(?)하던 이안의 귀로 조나단의 목소리가 들려왔다.

"저건 전부 크리스털인가? 엄청나게 화려하군."

온통 물빛의 수정으로 만들어진 부락의 외형에 조나단도

적잖이 감탄한 목소리였다.

"글쎄, 크리스털이라기엔 좀 더 투명한 느낌이긴 한데……."

이안의 옆을 폴폴 날던 미루가 이안 대신 답해 주었다.

"저건 물의 힘으로 만들어진 자연의 결정이에요. 크리스털과는 다르죠."

"아하……?"

"그러니까 저걸 가지고 나갈 생각은 않는 게 좋아요. 물의 힘이 가득한 이 공간을 벗어나면, 결정들은 아마 흩어져 물처럼 흘러 버리고 말 테니까요."

"뭐, 저걸 가져가려고 했던 건 아닙니다만……."

뭔가 속내를 들킨 것인지 멋쩍은 표정이 된 조나단을 뒤로한 채, 이안은 부락을 향해 성큼성큼 걸음을 옮기기 시작하였다.

그런데 잠시 후, 이안은 뭔가 이상함을 느낄 수밖에 없었다.

'뭐지? 부락에 이렇게까지 가까이 왔는데…… 어떻게 경비병 하나 없을 수가 있는 거야?'

물론 물의 부락이 쉽게 접근하기 힘든 난해한 위치인 것은 맞았지만, 그것을 감안한다 하더라도 너무 이상할 정도로 방비가 소홀해 보였던 것.

게다가 부락의 안쪽에서도 어떤 인기척조차 느껴지지 않았으니, 이안으로서는 이상할 수밖에 없는 것이다.

하여 이안은 더욱 긴장한 표정이 되어, 조심스레 부락의 정문으로 보이는 곳을 향해 접근하기 시작하였다.

그리고 그곳에 도착한 순간.

띠링-!

예의 그 익숙한 시스템 알림음과 함께, 이안의 눈앞에 새로운 시스템 메시지들이 주르륵 하고 떠오르기 시작하였다.

-샤이야 산맥, '물의 부락'에 도착하였습니다.

-조건이 충족되었습니다.

-숨겨진 퀘스트가 발생합니다.

……후략…….

그리고 그 메시지의 끝에는…….

놀라운 내용의 퀘스트가 이안을 기다리고 있었다.

-'물의 정령왕, 엘리샤의 안배(에픽)(히든)(연계)' 퀘스트가 발생하였습니다.

이안은 물의 부족들의 도움을 얻기 위해 물의 부락을 찾아왔다.

하지만 결론부터 이야기하자면, 처음부터 물의 부락에는

이안을 도와줄 수 있는 물의 부족들이 전혀 존재하지 않았었다.

좀 더 정확히 말하면, 부락을 지키던 물의 부족원들은 아주 오래 전 자신들의 힘을 봉인한 채, 지금까지 잠들어 있었으니 말이었다.

지금 물의 부락 안에 들어선 이안의 시야에는 물의 부족원들 대신, 보석처럼 파랗게 빛나는 알 수 없는 영체들이 두둥실 떠다니고 있었으니 말이었다.

'이게 대체…….'

그 때문에 이안은 처음, 혼란에 빠질 수밖에 없었다.

처음부터 물의 부족들이 존재치 않았던 것이라면, 이해할 수 없는 것이 두 가지 존재했으니 말이었다.

첫째.

정령의 신 네트라가 '물의 부족'을 찾으라며 '물의 나침반'을 건네줬던 것.

그리고 둘째.

처음 물의 부족을 찾아 왔을 때, 용천의 NPC인 '드라토쿠스'가 물의 부족들 중 하나인 아쿠스를 '몰아내었다'라고 이야기했던 것까지 말이다.

그들이 유저였다면 얼마든 거짓을 이야기할 수 있었지만, 네트라와 드라토쿠스는 모두 확실한 NPC였고, NPC가 거짓을 이야기하는 것은 불가능하였으니 이안으로서는 혼란에 빠진 것이다.

하지만 이안의 그 의문점은 퀘스트 내용 안에 쓰여 있던 한 줄의 문장을 통해, 어렵지 않게 풀릴 수 있었다.

—정령왕의 대리인을 기다리며 샤이야 산맥을 떠돌던 아쿠스 일족은, 결국 그들의 임무를 완수하지 못한 채 부락으로 쫓겨나 봉인되었습니다. 하지만 당신은 집념으로 부락을 찾아내었고, 엘리샤의 안배에 닿을 수 있었습니다.

쉽게 정리하자면, 어떤 마족 유저의 훼방으로 인해 퀘스트가 중간에 꼬여 버렸을 뿐이었던 것이다.

정상적인 루트로 퀘스트가 진행되었다면 이안은 천룡 드라토쿠스를 만날 일조차 없었을 것이고.

이안을 기다리던 아쿠스 일족을 만나, 이곳 물의 부락까지 인도받았을 테니 말이다.

'후, 하마터면 에픽 퀘 날려 먹을 뻔했잖아?'

퀘스트 창을 읽어 내려가며, 다시 한번 안도하여 가슴을 쓸어내리는 이안.

하지만 잠시 후.

길게 이어진 퀘스트의 내용을 읽을수록 이안의 두 눈은 점점 더 휘둥그레질 수밖에 없었다.

## 물의 정령왕, 엘리샤의 안배(에픽)(히든)(연계)

트로웰의 부탁을 받아, 정령의 부족들에게 원군을 요청하던 당신은, 불과 바람의 권능을 얻어 그들 부족을 움직이는 데에 성공하였습니다.

하지만 정령왕의 자리가 공석인 불과 바람의 부족들과 달리, 물속성의 경우 물의 정령왕 엘리샤가 건재하였고.

그 때문에 그녀를 직접 찾아가는 것이 아닌 이상, 물의 권능을 얻는 것은 불가능했습니다. 하여 당신은 물의 부족들의 도움을 얻기 위해 직접 그들을 찾아 나섰지만……

……중략……

정령왕의 대리인을 기다리며 샤이야 산맥을 떠돌던 아쿠스 일족은, 결국 그들의 임무를 완수하지 못한 채 부락으로 쫓겨나 봉인되었습니다.

하지만 당신은 집념으로 부락을 찾아내었고, 엘리샤의 안배에 닿을 수 있었습니다.

……중략……

물의 부락에 잠들어 있는 물의 일족들의 영혼을 깨우기 위해서는, 정령왕 엘리샤의 권능이 필요합니다. 그녀는 이곳 물의 부락에 자신을 찾아올 수 있는 안배를 남겨 두었고, 오래 전부터 당신을 기다려 왔습니다.

그녀의 안배를 확인하고 그녀의 부탁을 들어주십시오. 그것이 위기에 빠진 정령계를 구해 낼 수 있는, 유일한 희망이 될 것입니다.

**퀘스트 난이도 : SSS**

**퀘스트 조건 : '정령왕 엘리샤의 목걸이'보유, '정령의 구원자' 칭호 보유**

**제한 시간 : 없음**

부락 내부에 있는 물의 구슬과 감응하면, 엘리샤의 환영을 만날 수 있습니다.

엘리샤의 환영과 대화를 마칠 시, '보상A'를 획득할 수 있습니다.

엘리샤의 모든 부탁을 수행하는 데 성공할 시, '보상B'를 획득할 수 있습니다.

**보상A : '정령왕 엘리샤의 목걸이' 봉인 해제**

**보상B : 물의 정령 마법 강화석**

이안이 놀란 이유는 두 가지였다.

첫째.

그조차도 잊고 있었던, '정령왕 엘리샤의 목걸이'가 다시 수면 위로 떠올랐다는 점.

'와 씨, 이게 이렇게 연결된다고?'

오래 전 지상계에서 처음 엘리샤를 만났을 때, 그녀로부터 받았던 징표와 같은 목걸이가, 이 시점에 봉인 해제될 줄은 생각조차 못했으니 말이었다.

물론 아직 봉인 해제가 된 것은 아니고 '보상A'로 책정되어 있을 뿐이었지만.

사실 보상A까지는 변수 없이 확정적으로 챙기는 것이나 다름없었으니까.

'하, 너무 오래 전에 받은 물건이라……. 지금 시점에서도 매력적인 액세일지는 모르겠네.'

그리고 이안이 놀란 두 번째 이유.

사실 위에 언급한 첫 번째 이유보다도, 이 두 번째 이유가 이안을 가장 흥분시키는 것이었다.

그것은 바로, 이 퀘스트를 진행함으로서 엘리샤의 위치를 알 수 있게 될 것이며, 드디어 그녀를 만날 수 있게 되었다는 점이었다.

'이 퀘스트 한 방으로 진짜 막혀 있던 에픽 퀘가 싹 다 뚫리겠네.'

엘리샤를 만나는 것이 이안에게 중요한 이유는 간단했다.

과거 GM 철우로부터 들었던 정보를, 이안은 아직도 기억하고 있었으니 말이다.

성운을 밟기 위해 필요한, 정령계의 지고한 성물!

'원소의 목걸이'를 가지고 있는 NPC가 바로 물의 정령왕 엘리샤임은, 상위 콘텐츠로 가는 가장 중요한 열쇠였으니까.

'결국 엘리샤를 찾아서 잠들어 있는 물의 부족들을 깨우고……. 엘리샤를 위시한 물의 부족들을 데리고 기계대전쟁에 참전해서, 전쟁에 승리하는 게 깔끔한 시나리오겠네.'

이 퀘스트만 완벽하게 클리어해 낼 수 있으면, 가능성이 희박해 보이던 기계대전쟁을 승리로 이끌 수 있게 되며.

또, 성운을 밟기 위해 필요한 '원소의 목걸이'까지 손에 쥐게 되는 셈이니.

그야말로 꼬이고 꼬여 있던 에픽 퀘스트들을, 한 방에 뚫고 올라갈 발판이 생긴 것이다.

'자, 그럼 오랜만에…… 엘리샤 아줌마를 한번 만나 볼까?'

한층 표정이 상기된 이안은, 부락의 더 깊숙한 곳으로 걸어 들어갔다.

퀘스트 내용에 의하면 '물의 구슬'과 감응해야 엘리샤를 만날 수 있다 하였고, 그것이 부락 안에 있다 하였으니, 먼저 구슬을 찾기 위해 움직인 것이다.

그리고 그것을 찾는 것은 다행히 그리 어려운 일이 아니었다.

부락 안쪽으로 들어가자 널따란 공터가 나타났고.

그 가운데에 영롱한 푸른빛으로 빛나는 물의 보주가 두둥
실 떠올라 있었으니 말이다.

누가 봐도 파랗고 거대한 보주는 엘리샤가 남긴 안배였다.

저벅- 저벅-

이안은 뭐에 홀리기라도 한 듯 물의 구슬을 향해 걸음을
옮기기 시작하였고, 그의 뒤를 따라오던 미루도 감탄 어린
목소리로 중얼거렸다.

"이런…… 강력한 물의 힘이라니……."

미루 또한 '물의 정령'의 피가 절반 이상 흐르는 하프 정령
이었기 때문에, 정령왕이 남긴 거대한 물의 힘을 누구보다
강렬하게 느낀 것이다.

그리고 그렇게 보주의 앞에 도착한 이안은 한 손을 조심스
레 들어 그 위에 손을 얹었다.

우우웅-!

그러자 그렇지 않아도 영롱하게 빛나던 푸른 구슬의 주변
으로, 밝고 강렬한 청색 빛이 휘몰아치기 시작하였다.

"……!"

화아아아-!

이어서 이안의 눈앞에, 낯익은 여인의 실루엣이 천천히 나
타나기 시작하였다.

띠링-!

-조건이 충족되었습니다.
-'물의 구슬'과 감응하였습니다.
-물의 정령왕, '엘리샤'의 환영이 모습을 드러냅니다.


푸른빛이 휘몰아치며, 길쭉한 빛의 덩어리를 만들어 낸다.

이어서 그 길쭉한 빛의 덩어리는 점점 더 형체를 갖춰 가기 시작하였고, 그것은 무척이나 황홀한 광경이었다.

완벽한 비율의 여체女體가 푸른빛을 뿜어내며 나타나는 모습은, 아름다움을 넘어 성스럽게 느껴지기까지 했으니 말이다.

길쭉한 두 다리에 잘록한 허리.

가녀린 팔과 봉긋한 가슴.

그리고 그 위로 쏟아져 내리는 푸른 빛깔의 아름다운 머릿결.

그 위에는 곧 화려한 정령왕의 의상이 덧씌워졌고, 이 모든 과정이 끝날 때까지 이안은 한 시도 눈을 뗄 수 없었다.

분명 마계의 광산에서 처음 그녀를 소환했을 때 봤던 광경이었지만, 그때와는 또 다른 느낌이었으니 말이다.

그리고 그 이유를 이안은 금세 알아챌 수 있었다.

'훨씬 더 영롱하고 선명한 모습이야.'

지금 이안의 눈앞에 소환된 정령왕의 모습은, 지상계에 나타났을 때보다 훨씬 더 또렷한 형체를 가지고 있었던 것이다.

게다가 엘리샤의 아름다운 외모까지 시너지가 나면서, 더욱 황홀한 장면이 연출된 것.

이안은 '아줌마'라고 종종 불렀지만 사실 엘프와 비견해도 전혀 부족하지 않을 정도의 아름다움을 가진 NPC가 바로 엘리샤였으니 말이다.

하지만 이안의 감상은 여기까지일 뿐.

더 감동(?)한 인물은 따로 있었다.

"허억……!"

'파괴자의 부적'이라는 노예 계약서(?) 때문에 강제로 딸려온 조나단은, 엘리샤의 자태를 처음 보고 거의 반해 버린 것이다.

처음 물의 보주가 빛나기 시작할 때까지만 해도 별생각 없이 지켜보던 조나단은 저도 모르게 숨죽이고 그녀의 등장을 지켜보았던 것.

우우웅―!

보주의 진동이 전부 끝나고 엘리샤의 모습이 온전히 나타나자, 장내에 잠시간의 정적이 흘렀으며.

그 정적을 처음 깬 것은, 영롱한 엘리샤의 목소리였다.

―그대는 이안…… 오랜만이군요.

그리고 엘리샤의 첫마디에 조나단은 알 수 없는 질투심을 느껴야만 했다.

여신과도 같은(?) 그녀의 목소리에서, 이안에 대한 호감이 느껴졌으니 말이었다.

'뭐야, 이안 이놈은…… 정령왕이랑도 친분이 있어?'

물론 트로웰과 계약까지 한 전적이 있는 정령술사가 이안이었지만, 그런 정보까지는 알 리 없는 조나단.

그런 조나단의 질투(?)와 상관없이, 이안과 엘리샤의 대화가 이어지기 시작하였다.

"오랜만입니다, 엘리샤 님."

─정말 오래 기다렸어요.

"늦어서 죄송합니다."

─아니에요, 이렇게 이안 님께서 이곳에 와 주신 것만으로도, 저는 다시 한 줄기 희망을 얻었는걸요.

"그렇다면, 다행입니다."

이안과 엘리샤는 계속해서 대화를 이어 갔고.

듣기에 따라서는 충분히 신파극으로 오해될 수 있을 만한 둘의 대사에, 조나단은 더 없이 부러운 표정으로 둘의 대화를 지켜보았다.

그리고 그렇게 10분 정도가 지나자, 엘리샤는 슬슬 본론을 꺼내기 시작하였다.

─셀라무스의 힘을 계승하신 것이 엊그제 같은데, 어느새 어엿한 중간

자가 되셨군요.

"시간이 많이 흘렀으니까요."

─지금의 이안 님이라면…… 확실히 기계문명이라는 거악巨惡에 맞서
실 수 있겠어요.

대화가 자연스레 기계문명과의 전쟁으로 흘러왔고, 그 흐
름에 따라 엘리샤의 부탁이 이어진 것이다.

"제가 어떻게 하면 될까요, 엘리샤 님?"

─셀라무스의 절대자…… 그리고 우리 정령들의 구원자이시여…….

"……!"

─당신이라면 제게 씌워진 족쇄를 풀고, 이 정령계를 구해 내실 수 있
으리라 믿습니다.

"노력해…… 보겠습니다."

─저, 엘리샤에게 남은 마지막 정령왕의 권능을, 그대, 이안에게 위임
합니다.

우우웅─!

엘리샤의 말이 끝나자, 다시 청백색의 빛줄기가 그녀의 몸
에 휘감긴다.

'왕'이라는 그 수식어에 걸맞게, 기품 있는 엘리샤의 자태.

청색과 백색이 물결치는 화려한 의장意匠의 드레스가 휘날
리며, 그녀의 손에서 뻗어 나온 빛이 이안의 몸으로 빨려 들
어갔다.

그리고 다음 순간.

띠링-!

이안의 눈앞에, 새로운 시스템 메시지가 떠올랐다.

―조건이 충족되었습니다.

―'정령왕 엘리샤의 목걸이'의 봉인이 해제됩니다.

―'정령왕의 권능[물](신화)(초월)' 장비를 획득하셨습니다!

메시지가 떠오름과 동시에, 이안의 눈앞에 청백색의 화려한 목걸이가 나타났다.

그것의 정체는 당연히, 이안의 인벤토리 구석에 오랜 시간 잠들어 있던 정령왕 엘리샤의 목걸이.

물론 이안이 그것을 인벤토리에서 꺼낸 적은 없었지만, 퀘스트의 전개와 함께 강제로 이안의 눈앞에 떠오른 것이다.

이제는 '정령왕의 권능'이라는 새로운 이름을 갖게 된, 신화 등급의 초월 액세서리.

엘리샤의 권능이 담긴 그 목걸이가, 이안의 목에 자연스레 걸렸다.

띠링-!

―'정령왕의 권능[물](신화)(초월)' 장비를 장착하셨습니다.

―'물의 정령왕, 엘리샤의 안배' 퀘스트의 모든 연계 퀘스트를 클리어 할 때까지, 해당 장비를 착용 해제 할 수 없습니다.

그리고 그것으로 끝이 아니었다.

고오오오-!

이안과 엘리샤의 사이에 있던 공간이 나선형으로 뒤틀리더니, 그 앞에 작은 공간의 균열이 생긴 것이다.

마치 새파랗고 짙은 심연과도 같은 빛깔의, 신비로운 분위기를 뿜어내는 포탈.

이안은 그것이 뭔지, 곧바로 짐작할 수 있었다.

'이곳으로 들어가면…… 엘리샤가 봉인된 곳으로 갈 수 있겠지.'

그리고 거기까지 생각이 미치자, 이안의 심장은 더욱 두근거리기 시작하였다.

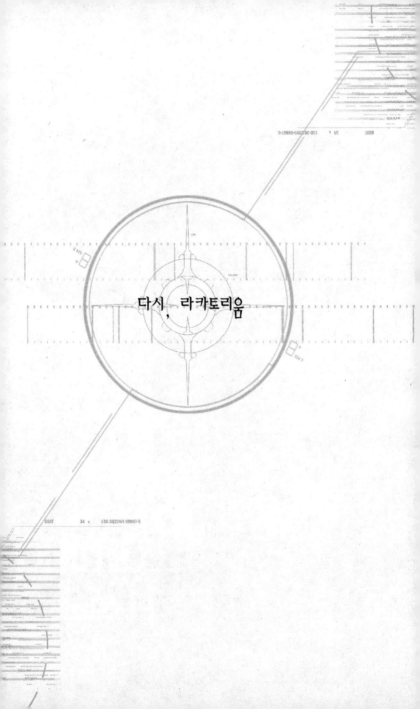

다시, 라카토리움

Taming
Master

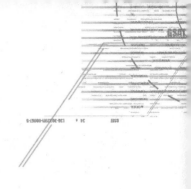

　-'정령왕의 권능[물](신화)(초월)' 장비를 장착하셨습니다.

　-'물의 정령왕, 엘리샤의 안배' 퀘스트의 모든 연계 퀘스트를 클리어
할 때까지, 해당 장비를 착용 해제 할 수 없습니다.

　-조건이 충족되었습니다.

　-물의 정령왕 '엘리샤'와 감응합니다.

　-특수한 조건에 의해, 물의 정령왕 '엘리샤'와 계약되었습니다.

　-물의 정령왕 '엘리샤'의 능력으로, 정령 마법을 사용할 수 있습니다.


　눈앞에 나타난 어두운 심연의 균열. 그리고 그 옆에서 옅
은 웃음을 띤 채 이안을 응시하는 엘리샤.

　의외의 상황에, 이안은 조금 당황할 수밖에 없었다.

엘리샤의 역할은 그녀가 봉인되어 있는 곳으로 게이트를 열어 주는 것에서 끝이라고 생각했는데, 얼떨결에(?) 그녀와 계약까지 되었으니 말이었다.

'뭐지, 이렇게 되면 현존하는 모든 정령왕과 계약을 해 버린 건가?'

물론 트로웰과의 계약은, 정말 형식적인 정령 계약일 뿐이었다.

그와 계약되었다 해서 사적인(?) 전투에 소환할 수 있는 것도 아니었으며, 그가 가진 정령 마법을 사용하는 것도 불가능했으니 말이다.

그리고 이번 엘리샤와의 계약도, 일반적인 정령 계약과는 그 구조가 많이 다른 방식이다.

하지만 그것과 별개로 어쨌든 두 정령왕과 전부 계약을 한 게 되었으니, 기분이 묘한 것은 사실이었다.

'그래도 트로웰 때랑 달리, 엘리샤의 능력은 좀 쓸 수 있는 거겠지?'

엘리샤를 슬쩍 응시하며 이런저런 생각을 떠올리는 이안.

그런 그의 생각을 읽기라도 한 것인지, 엘리샤가 다시 입을 열었다.

-이안 님께서 많이 성장하셨지만, 기계문명의 세력들은 생각보다 더 거대하고 위험해요.

"그럴……겠죠?"

-비록 제 힘이 많이 봉인된 상태이긴 하나…… 그래도 찰리스를 상대하시는 데 제 능력이 적지 않은 도움이 되실 거예요.

엘리샤의 이야기를 듣던 이안은 그녀의 정보 창을 한번 열어 보았다. 힘이 봉인된 상태라고 하니, 그녀의 능력이 현재 어떤 수준인지 궁금해진 것이다.

네임드급 NPC라고는 하나 어쨌든 계약된 정령이니, 정보 창은 당연히 확인할 수 있을 터.

"……!"

이어서 엘리샤의 정보 창을 확인한 이안은 조금 더 흥미로운 표정이 되었다.

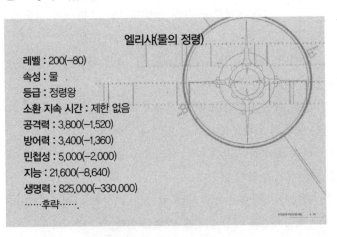

**엘리샤(물의 정령)**

레벨 : 200(-80)
속성 : 물
등급 : 정령왕
소환 지속 시간 : 제한 없음
공격력 : 3,800(-1,520)
방어력 : 3,400(-1,360)
민첩성 : 5,000(-2,000)
지능 : 21,600(-8,640)
생명력 : 825,000(-330,000)
……후략…….

정령왕 트로웰의 레벨은 200이었다.

때문에 엘리샤의 레벨이 어느 정도 일지는, 사실 짐작이 가능했던 부분이다.

'같은 정령왕이라 그런가, 정확히 200으로 같군.'

그리고 이 레벨을 확인한 것으로, 이안은 또 한 가지 짐작에 확신을 가질 수 있었다.

트로웰만 특수한 케이스가 아니고, 정령왕의 단계에 오를시 정령에게도 레벨이라는 개념이 생긴다는 가정 말이다.

'우리 마그리파도 정령왕이 되면…… 레벨이라는 게 생기겠어.'

다만 엘리샤가 말한 그 '봉인'이라는 것 때문인지, 실질적인 레벨이 120 정도라는 사실은 아쉬울 수밖에 없었다.

'와…… 120레벨로도 단일 스텟이 1만 초반대가 나오네. 원래의 힘을 다 가지고 있었으면 어마어마했겠어.'

정령이 가지고 있는 전투 스텟은, 비단 해당 정령의 고유 능력에만 영향을 미치는 것이 아니다.

정령 마법을 사용할 때 매개체가 되는 정령의 전투력에 따라, 마법의 위력도 달라지는 것이니 말이다.

하여 80레벨이 깎여 나간 엘리샤의 능력치는, 이안에게 아쉬운 것일 수밖에 없었다.

만약 200레벨의 엘리샤를 매개체로 정령 마법을 뿌린다면, 지금의 2배 이상 위력을 기대할 법했으니 말이다.

'뭐, 120레벨의 정령왕도 충분히 어마어마하지만…… 아쉬

운 건 아쉬운 거지.'

하지만 이안이 엘리샤의 레벨과 스텟에서 느낀 아쉬움
은, 고유 능력들을 확인하는 순간, 싹 날아가 버릴 수밖에
없었다.

"……?"

엘리샤가 가진 총 다섯 개의 고유 능력 중 세 가지는 아쉽
게도 봉인 상태였지만, 정상적으로 사용 가능한 두 가지의
고유 능력만 해도 어마어마한 것들이었으니 말이다.

---

### 고유 능력

#### 권능의 보호막(水)

정령술사가 사용한 물 속성의 공격 마법이 셋 이상의 적에게 동시에 명
중할 시, 시전자 주변의 모든 아군에게 물속성의 보호막이 생성됩니다.
생성된 보호막의 내구도는 시전자의 정령 마력에 비례하며, 해당 마법
으로 입힌 피해량의 150%만큼 내구도가 추가로 상승합니다.
*이미 보호막을 가지고 있는 대상에게 권능의 보호막이 생성될 시, 해당
보호막의 내구도가 같은 수치만큼 추가됩니다.
(총 실드량이 권능의 보호막이 가진 한계 실드량의 500%가 넘는다면,
더 이상 중첩되지 않습니다.)
*모든 보호막은 180초가 지나면 사라집니다.

#### 태초의 파도

시전자의 후방에 거대한 파도를 일으켜, 전방의 모든 대상을 집어삼킵
니다.
파도의 영향력 안에 있는 모든 아군의 생명력 회복량이 30%만큼 증가

---

하며, '물' 속성을 가진 모든 아군의 이동속도가 50%만큼 증가합니다.
반대로 파도의 영향력 안에 들어온 모든 적의 저항력과 이동속도는
50%만큼 감소합니다.
*권능의 보호막이 씌워진 대상에게 '태초의 파도'의 영향력이 닿을 경우,
보호막의 내구도가 최대치까지 회복됩니다.

### 물의 뇌옥(봉인)

정령왕의 권능이 담긴 물의 소용돌이가, 원형의 뇌옥을 만들며 대상을
물줄기 속에 가둡니다. 뇌옥 안에 갇힌 대상은⋯⋯.

'권능의 보호막⋯⋯? 이거 아무리 봐도 미친 스킬인 것 같
은데?'

이안은 지금껏, 정말 셀 수 없을 정도로 많은 소환수들과
가신들의 고유 능력들을 경험해 왔다.

그 때문에 스킬의 설명과 계수를 확인하는 것 만으로도,
해당 스킬의 위력을 금방 짐작해 낼 수 있었다.

그리고 사실 그의 머릿속에서 계산된 '권능의 보호막'의 실
드량은, 그렇게까지 사기적인 것은 아니었다.

'상황에 따라 다르긴 하겠지만⋯⋯ 틱당 대충 몇 만 단위
실드는 뽑아내겠는데?'

범위로 발동시킬 수 있는 광역 개별 실드라는 점을 감안해
도, 몇 만 정도의 실드량은 오히려 다른 실드 스킬들과 비교
하더라도 턱 없이 부족한 수준이었으니 말이다.

다만 이안이 생각하는 이 고유 능력의 사기성은, 다른 부분에 있었다.

우선 첫째로, 권능의 보호막에는 재사용 대기시간이라는 것이 존재하지 않는다.

'물의 정령 마법으로 셋 이상의 적을 격중시킨다…… 사실상 재사용 대기시간이 가장 짧은 물속성의 정령 마법을 구하는 게 우선이겠군.'

최대한 빠르게 지속적으로 사용할 수 있는 물속성의 정령 마법만 구할 수 있다면, 이 권능의 보호막을 계속해서 발동시킬 수 있는 것이었으니 말이다.

물론 대부분의 광역 마법이 재사용 대기시간이 길다는 점을 감안할 때, 범위가 넓은 마법을 구하는 것은 그리 좋은 선택이 아니었다.

다만 스플래시 범위가 좁더라도 재사용 대기시간이 5초 이내인 논타깃 스킬들은 많았으니, 그런 것을 활용할 생각을 떠올린 것이다.

'잘만 쓰면 진짜 효율을 극대화시킬 수 있겠어.'

그리고 이안이 이 권능의 보호막을 사기라고 생각하는 두 번째 이유.

이것은 사실, 오로지 '이안'에게만 한정되는 이유였다.

생각하기에 따라 시스템의 허점이라고 느껴질 만큼, 권능의 보호막과 어마어마한 시너지를 낼 수 있는 스킬이, 이안에게 있었으니 말이었다.

　이안이 권능의 보호막에서 가장 사기라고 생각한 부분은, 바로 하단에 명시된 옵션이었다.

> *이미 보호막을 가지고 있는 대상에게 권능의 보호막이 생성될 시, 해당 보호막의 내구도가 같은 수치만큼 추가됩니다.
> (총 실드량이 권능의 보호막이 가진 한계 실드량의 500%가 넘는다면, 더 이상 중첩되지 않습니다.)

　사실 보통의 경우 이 옵션은, 사기라고까지 할 만한 옵션은 아니었다.

　권능의 보호막을 여러 번 중첩시켜 실드량을 늘릴 수 있게 해 준다는 장점이 있었지만, 한계 실드량의 5배라는 리미트가 존재했으니 말이다.

　보통 사제 클래스가 사용하는 보호막의 실드 단위가 수십만이라는 것을 감안한다면, 그런 실드와 함께 사용할 시, 단 1중첩도 추가할 수가 없다는 이야기인 것.

　하지만 이 권능의 보호막과 함께 사기적인 시너지를 낼 수 있는 스킬이 하나 있었으니.

　그것은 바로 '엘카릭스'의 고유 능력인, '드라고닉 배리어'였다.

　현존하는 그 어떤 보호막보다도, 강력한 방어력을 가진 보
호막인 드라고닉 배리어.

　드라고닉 배리어의 경우 특이하게도 낮은 실드량과 무적
에 가까운 방어력을 가지고 있었으니.

　이 배리어를 권능의 보호막으로 충전시킨다면, 말도 안 되
는 시너지가 폭발해 버리는 것이다.

　'이 정도면 거의 무적 계열 보호 스킬이랑 다를 게 없어지
는 거지.'

　물론 드라고닉 배리어의 경우 10분이나 되는 재사용 대기
시간이 존재했지만, 그것은 이 두 실드의 시너지를 생각할
때 페널티라고 하기도 민망한 수준이었다.

　권능의 보호막만 지속적으로 충전시켜 준다면, 드라고닉
배리어의 지속 시간인 180초 동안은 어떤 보스의 공격기를
맞아도 안전할 수준이었으니 말이다.

'태초의 파도도 충분히 대단한 스킬이고…… 이러면 퀘스트의 난이도가 확 내려가겠어.'

고유 능력을 전부 확인한 이안은 더욱 싱글벙글한 표정이 되었다.

그리고 마지막으로, 엘리샤의 정보 창의 최하단부를 마저 읽어 내려갔다.

이 어마어마한 고유 능력들을 과연 언제까지 써도 되는지(?) 확인해 보고 싶었으니 말이다.

*모든 물의 정령들을 다스리는, 물의 정령들의 왕, 엘리샤입니다.
엘리샤의 힘을 빌어 정령 마법을 사용할 시, '물' 속성 마법에 한해 마력 소모량이 절반으로 감소합니다.
엘리샤의 힘을 빌어 정령 마법을 사용할 시, '물' 속성 마법에 한해 위력이 1.7배 증가합니다.
*특수한 조건에 의해 임시로 계약된 정령입니다.
'엘리샤'와 관련된 모든 퀘스트가 종료될 시, 자동으로 정령 계약이 해지됩니다.
*'엘리샤'와 관련된 퀘스트를 진행 중이 아닐 시, 해당 정령을 소환할 수 없습니다.

'쩝, 역시 퀘스트 한정이긴 하네.'

퀘스트를 완수하게 되면 더 이상 엘리샤를 사용할 수 없다는 생각이 들자, 급 시무룩해진 이안의 표정.

하지만 그것 또한 잠시였을 뿐.

이안은 다시 의욕적인 표정이 되었다.

"엘리샤 님께서 일임하신 권능…… 최대한 잘 사용해서 꼭 봉인을 풀어 드리겠습니다."

그리고 이안의 대사에, 엘리샤는 더욱 감동받은 표정이 되었다.

-고, 고맙습니다, 이안 님……! 기계문명의 횡포를 막아 주실 수 있는 분은, 이안 님뿐이에요.

결연한 표정이 된 이안은, 성큼성큼 걸음을 옮기기 시작하였다. 이안의 표정이 결연한 이유는 간단했다. 퀘스트가 끝나기 전까지, 그녀의 능력을 100% 이상으로 뽑아 먹기로 다짐한 것이다.

'권능의 보호막만 잘 활용한다면, 좀 더 공격적으로 전투를 해도 되겠어.'

하여 엘리샤가 열어 둔 게이트의 앞까지 도달한 이안은 망설임 없이 균열의 안쪽으로 발을 내딛었다.

그리고 다음 순간.

띠링-!

이안의 눈앞에, 차원 이동을 알리는 익숙한 메시지가 떠오르기 시작하였다.


-'차원의 통로'를 통과하였습니다!

-'정령계'를 떠났습니다.

-'라카토리움'으로 이동합니다.

......후략......

이어서 이안이 빨려 들어간 게이트를 따라, 그의 일행도 하나둘 진입하기 시작하였다.

기본적으로 중간계의 타이틀을 달고 있는 모든 차원계는 지상계보다 훨씬 더 방대한 크기를 가지고 있다.

콜로나르 대륙에서 북부 말라카 대륙으로 이어지는 지상계도 물론 광활한 넓이를 자랑하지만.

중간계의 각 차원계는 그 넓이의 최소 5~10배 정도의 규모를 가지고 있었으니 말이다.

그리고 이렇게 맵이 거대할 수밖에 없는 것은 어쩌면 너무도 당연했다.

전 세계 각 서버의 모든 유저들이 모이는 곳이 중간계였으니, 맵의 크기가 지상계보다 훨씬 더 넓은 것이 정상인 것이다.

정령계에선 압도적으로 콘텐츠 진행도가 높은 이안조차도 정령계에 아직 알지 못하는 구역이 있을 정도였으니, 평범한(?) 중간계 입문자들의 입장에서는 정말 미지의 세계나 다름없는 수준인 것.

그리고 고인 물 중 고인 물인 이안에게도, 적대 진영의 중간계인 라카토리움은 미지의 영역일 수밖에 없었다.

이안이 경험해 본 라카토리움이라고 해 봐야, 대도시 루탄을 비롯한 그 인근의 위성도시가 전부였으니 말이다.

그래서 '라카토리움'이라는 메시지가 떠오르자마자, 이안은 초긴장 상태가 되었다.

어느 정도 예상은 하고 있었지만, 적진 한복판에 뚝 떨어진 셈이었으니 말이다.

띠링─!

─'라카토리움'으로 이동합니다.
─'데브라 언덕'에 입장하였습니다.

휘이잉─!

게이트를 통과하자마자 불어오는 날카로운 바람에, 이안은 두 눈을 가늘게 뜬 채 주변을 둘러보았다.

'데브라 언덕'이라는 생소한 이름보다도 그의 눈에 먼저 들어오는 것은 새로운 환경이었다.

'내가 가 봤던 라카토리움이랑은 뭔가 분위기가 다른 느낌인데…….'

이안이 경험했던 루탄 인근의 라카토리움은 지상계로 치면 불모지의 필드와 비슷한 느낌이었다.

황폐한 사막과도 같은 대지에 솟아 있던 커다란 기계문명의 성城.

하지만 지금 엘리샤의 게이트를 통해 도착한 곳은 분명히 다른 이미지를 가지고 있었다.

마치 용암에 달궈지기라도 한 듯, 붉게 물든 적색의 바윗덩이들이, 바닥에서부터 하늘 높이까지 수없이 솟아 있는 특이한 지형이었으니 말이었다.

을씨년스런 모래바람이 불어오는 등, 기존에 경험했던 루탄 인근의 필드와 비슷한 느낌도 분명히 있었지만.

확실한 것 하나는, 맵의 분위기에 압도될 정도로 위압감 넘치는 필드라는 것.

그리고 카일란뿐만 아니라 어떤 게임에서도 이런 위협적인(?) 필드의 난이도가 낮은 경우는 잘 없었으니, 이안은 더욱 예리한 눈으로 필드 곳곳을 살피기 시작하였다.

'필드 레벨이 어느 정도이려나…….'

그리고 그런 이안의 생각을 읽기라도 한 듯, 어느새 다가온 엘리샤가 낮은 목소리로 입을 열었다.

ㅡ이곳 데브라 언덕은…… 라카토리움의 '수용소'라고 할 수 있는 곳이에요.

"수용소……요?"

ㅡ네. 좀 더 정확히 말하자면, 라카토리움을 지배하고 있는 학파인 '찰리스' 학파가 자신들의 질서를 무너뜨리는 존재들을 가둬 두는 곳이라고

할 수 있죠.

"켁…… 진짜 수용소라는 말이 어울리는 곳이네요."

―찰리스는 정말…… 잔인하고 파괴적인 인물이죠.

이안은 엘리샤의 설명을 들으면서, 미니맵의 구조를 다시 한번 살펴보았다.

그러자 처음에는 보이지 않았던 요소들이 맵 곳곳에 보이기 시작하였다.

'맵의 좌우상하 구조가 완벽히 대칭형이야. 게다가 곳곳에 솟아 있는 바윗덩이들도…… 엄청나게 인위적이군.'

맵에 대한 정보를 들은 상태에서 다시 구조를 확인하자, 이안의 눈에 가장 먼저 들어온 것은 맵의 중심부였다.

마치 커다란 운석이 떨어지기라도 한 듯, 크리에이터처럼 동그랗게 움푹 들어가 있는 데브라 언덕의 정중앙.

머릿속에서 정보들을 정리하고 있는 이안의 귓전으로, 다시 엘리샤의 목소리가 들려왔다.

―일단 언덕의 꼭대기까지, 경비병들의 눈을 피해 무사히 도착해야 해요.

"언덕의 꼭대기에, 엘리샤 님이 봉인된 곳이 있는 건가요?"

―그건 아니에요. 제가 봉인된 곳은 이 데브라 언덕에서도 가장 깊숙한…… 무간옥無間獄이라는 이름을 가진 기계 감옥이죠.

"무슨 사후 세계의 무간지옥 같은 건가요?"

―뭐, 비슷해요. 제가 알기로는 끝없이 이어지는 감옥이라 그런 이름

이 붙었다고 들었어요.

"그럼 그 무간옥이라는 감옥이 저 데브라 언덕의 중앙에 있나 보네요."

—바로 맞췄어요. 데브라 언덕의 꼭대기…… 그러니까 저 중앙 부분까지 무사히 도착하면, 뇌옥 안으로 들어갈 수 있는 입구를 찾을 수 있을 거예요.

'무간옥'이라는 감옥의 이름을 들은 이안은 대충 어떤 느낌의 던전일지 머릿속에 그려지기 시작하였다.

'끝없이 이어진 감옥이라…… 왠지 프뉴마 마을의 무한 도장 같은 느낌일 것 같은데.'

인스턴트 형식으로 도장 깨기를 하듯, 끝없이 이어지는 던전의 그림이 이안의 머릿속에 그려진 것이다.

'다 깨고 맨 끝까지 가면, 갇혀 있는 엘리샤의 본체를 만날 수 있는 건가?'

하지만 이안의 그러한 짐작은 반만 맞고 반은 틀린 것이었다.

"일단 그럼 움직여 보죠. 뭐가 됐든 저 언덕 꼭대기까지 가는 게 먼저일 테니 말입니다."

—붉은 바위 탑이 여섯 개 모여 있는 위치를 조심하세요.

"넵?"

—그곳이 이곳 경비병들의 전투력을 증폭시켜 주는 마력 증폭기 같은 역할을 하니까요.

엘리샤의 안내를 따라 데브라 언덕의 경비병들을 돌파하고 도착한 던전인 '무간옥'은 놀랍게도 인스턴트 던전이 아니었던 것이다.

"조나단……! 측면 어그로좀 빼 줘!"
"루가릭스, 소울 스톰……!"
"엘리샤 님, 태초의 파도!"
무려 초월 150레벨대의 경비병들을 하나하나 돌파하고 도착한 무간옥의 입구.
고오오오-!
그곳은 데브라 언덕의 지하地下로 깊게 이어진, 데브라 언덕이라는 맵의 연장선에 있는 일반 필드 형식의 맵이었던 것이다.
"허억, 허억……!"
그 때문에 거칠어진 숨을 고르며 무간옥의 아래를 내려다본 이안은 아찔한 표정이 될 수밖에 없었다.
끝이 보이지 않을 정도로 어두운, 심연 같은 공간의 안쪽에서, 거대하고 위협적인 기운이 스멀스멀 피어올랐으니 말이다.
그리고 가장 충격적인 부분은…….
"입구가…… 안 보이는데요?"
-이곳이 입구예요, 이안 님.

"내려가는 계단이라든가, 사다리라든가…… 그런 건 없는 건가요?"

―당연하죠. 이곳은 감옥이고…… 찰리스는 이 안에 갇힌 누구도 밖으로 나오길 원하지 않으니까요.

"……!"

뇌옥의 입구라는 곳이 그저 지하로 뻥 뚫린 끝없는 절벽일 뿐이라는 점이었다.

하여 이안은 고민하기 시작하였다.

'와, 이거 진짜 빡세겠는데.'

발 디딜 곳 하나 없어 보이는 이 뇌옥의 구조는, 필드의 난이도를 지옥처럼 올려 줄 게 분명했으니 말이었다.

'여긴 대체 어떤 식으로 공략해야 하나…….'

물론 이안에게는 공중전을 할 수단이 많이 있었지만, 비행 가능한 소환수를 탑승한다고 해도 다른 문제가 남아 있는 것.

'아이언을 타고 내려가는 순간, 사방에서 투사체들이 미친 듯이 날아들겠지.'

이안이 생각할 때 수적인 열세와 부족한 전력을 극복하는 데 가장 중요한 것은 바로 지형적 이점을 이용하는 것이었다.

한데 이 무간옥이라는 맵에서는 오히려 지형적 불리까지 극복해야 할 듯 보였으니, 순간적으로 숨이 턱 막혀 버린 것이다.

'하, 레벨이라도 더 올리고 왔어야 했나?'

하지만 고개를 절레절레 저은 이안은 정신을 다시 바짝 차렸다.

초월 99레벨이 된 이후로는 경험치가 이상할 정도로 오르지 않던 상황이었으니, 레벨을 더 올리고 온다는 선택지는 애초에 불가능했던 것이다.

경험치 게이지 차는 속도로 미루어 봤을 때, 이안의 사냥 속도로도 앞으로 1주일 이상 꼬박 사냥해야 겨우 100레벨일 것이었고.

그렇게 시간을 버리고(?) 나면 정령계는 이미 돌아올 수 없는 길을 건넌 뒤일 확률이 높았으니 말이다.

하여 이안은 인벤토리를 뒤지기 시작하였다.

'내가 동원할 수 있는 모든 전력을…… 전부 다 동원해서 공략해 봐야겠어.'

모든 소환수들을 전부 불러 모으는 것은 물론.

지금쯤 균열에서 차원 전쟁을 돕고 있을 가신들까지도 싹 다 그의 앞으로 불러 모으려는 것이다.

띠링-!


-'군주의 소환서' 아이템을 사용합니다.

-사용할 시 소멸되는, 1회성 아이템입니다.

-정말 '군주의 소환서'를 사용하시겠습니까?

모든 가신을 자신이 있는 곳으로 소환해 낼 수 있는 마법 주문서인 '군주의 소환서'를 사용한 것.

우우웅-!

물론 지상계에 있는 가신들까지는 불러올릴 수 없었지만, 적어도 같은 중간계에 있는 가신들까진 소환할 수 있었으니.

그것은 이안의 전력에, 무척이나 큰 힘이 될 것이었다.

카이자르와 헬라임의 합류는 어지간한 랭커가 합류한 것 이상의 전력 보강이었으니 말이다.

쿠구궁-!

"무슨 일이냐, 주인."

스하아아-!

"부르셨습니까, 폐하!"

각각 자신들의 이미지에 맞는 요란한 소리를 내며 등장한 카이자르와 헬라임.

그 둘을 확인한 이안이, 씨익 웃으며 입을 열었다.

"무슨 일이긴."

"……?"

"보고 싶어서 불렀지."

"커헉!"

그의 생각지도 못했던 대사에 두 가신들은 기겁한 표정이 되었지만, 그에 아랑곳하지 않고 이안의 말은 계속해서 이어 졌다.

"자, 그럼 이제 한번 내려가 보자고. 무간옥인지 무간지옥인지…… 뭐, 어떻게든 되겠지."

비행 가능한 모든 소환수를 전부 소환한 이안은 가벼운 몸짓으로 아이언의 등에 올라탔다.

이어서 파티에서 유일한 뚜벅이(?)인 조나단을 불용이의 등에 태워 주었다.

그리고 이안의 파티가 무간옥에 진입하기 직전, 두둥실 이안의 옆으로 다가온 엘리샤가, 무간옥에 대한 추가적인 정보들을 이야기해 주었다.

-강철쇠뇌를 조심하세요. 이안 님.

"강철쇠뇌라면……?"

-뇌옥의 곳곳에 설치된 강력한 무기예요.

"그렇군요."

-한 발만 잘못 맞아도 생명이 위험할 수도 있으니…… 쇠뇌가 보이면 그것부터 파괴하세요.

"또 다른 주의 사항은 없나요?"

-일단 '지저갱'까지 도착하는 게 중요해요.

"그건 또 뭐죠?"

-이 무간옥의 바닥이라고 생각하시면 돼요.

"……?"

엘리샤의 이야기를 들은 이안은 어리둥절한 표정이 되었다. 무간옥의 바닥에 도착하면 그곳에 엘리샤의 봉인이 있을 것이라 생각하였는데, 엘리샤는 마치 그곳이 중간 지점인 것처럼 이야기했으니 말이다.

─무간옥의 바닥을 밟는 게, 공략의 시작이라고 보시면 돼요. 거기부터가 진짜, 지옥의 시작이니까요.

"……."

엘리샤의 설명에, 순간적으로 할 말을 잃어버린 이안.

하지만 의욕을 팍팍 꺾을 법한, 무간옥에 대한 엘리샤의 설명에도 이안은 조금도 위축되지 않았다.

'젠장, 뭐 어떻게든 답은 나오겠지.'

던전이 어렵다고 해서 공략하지 않을 수 있는 상황도 아니었거니와, 그에게는 엘리샤라는 강력한 치트키가 있었으니 말이었다.

'정령왕까지 계약시켜 준 이유를 이제 알겠군.'

하여 모든 정비를 마친 이안 일행은 천천히 지저를 향해 내려가기 시작하였다.

어떻게든 이 무간옥 안에서 엘리샤의 봉인을 해제하고, 차원 전쟁을 승리로 이끌리라 다짐하면서 말이다.

하지만 무간옥에 들어서는 이 시점, 이안이 알 수 없는 사실이 하나 있었다.

그것은 바로 이 무간옥 안에서, 생각지도 못했던 존재를 만나게 될 것이라는 사실 말이었다.

무간옥의 내부는 밑으로 내려갈수록 무척이나 어두컴컴했

다. 상부에서 내려오는 빛이 점점 줄어들어, 점점 지하의 어둠 속으로 묻혀 들어갔으니 말이다.

하여 이안은 엘카릭스의 도움을 받아 불을 밝혀야만 했다.

"엘, 길 좀 밝혀 줘."

"알겠어요, 아빠."

마법의 일족 고유 능력을 가진 엘카릭스는 낮은 서클의 마법들은 대부분 사용할 수 있었고, 마법사의 기본 스킬 중 하나인 라이트 스킬을 곧바로 발동시켜 준 것이다.

번쩍−!

물론 그것으로 깊은 어둠을 전부 밝히는 것은 무리였지만, 적어도 10m 전방 정도까지의 시야 확보는 가능한 것.

'쇠뇌…… 쇠뇌를 조심하라 했지.'

엘카릭스가 확보해 준 시야를 꼼꼼히 확인하며, 이안은 최대한 천천히 하강하기 시작하였다.

의외로 초입부는 별다른 위험 요소가 없었지만, 긴장을 늦추는 순간 골로 갈 것 같은 기분이 강하게 들었으니 말이다.

'쇠뇌만 있는 것도 아닐 거야. 분명히 기계 괴수들도 득실거리겠지.'

그리고 이안이 이런저런 생각을 하던 바로 그때.

반짝−!

이안의 눈에, 푸른 빛을 반짝이는 작은 물체 하나가 포착되었다.

'쇠뇌다!'

하여 쇠뇌를 발견한 이안은, 반사적으로 아이언의 고삐를 잡아당겼다.

쇠뇌의 사정거리가 얼마인지는 알 수 없었지만, 엘카릭스가 밝혀 놓은 가시거리 안에서 확인된 정도라면, 충분히 사거리 안쪽이라는 생각이 들었으니 말이다.

그리고 이안의 그 예상은 정확히 맞아떨어졌다.

핑- 피피핑-!

이안이 발견한 쇠뇌뿐 아니라, 그 주변에 둘러져 있던 쇠뇌들이 일제히 강철 화살을 발사했으니 말이다.

화살이 아니라 총탄이라도 되는 것인지.

거의 일직선으로 이안을 향해 날아드는 강철 쇠뇌!

쐐애액-!

가까스로 그것을 피해 낸 이안은 곧바로 역공을 시작하였다. 마그리파의 힘을 빌려 '지옥의 화염시'를 꺼내 들고, 빠르게 연사를 날린 것이다.

피피핑-!

물론 이안 일행은 쇠뇌의 사거리 밖으로 멀찍이 떨어졌지만, 반대로 이안의 화살이 쇠뇌까지 닿는 데에는 전혀 문제가 없었다.

쇠뇌의 위치가 이안보다 훨씬 낮은 곳에 있었으니, 사거리에 크게 구애받지 않는 것이다.

아래서 위로 쏘아 올려야 하는 쇠뇌는 일정 사거리가 되면 힘을 잃어버리지만, 위에서 아래로 쏘아 보내는 이안의 화살은 최소로 잡아도 그 2배 이상의 사거리를 확보할 수 있는 것.

한 가지 문제라면 거리가 멀어지면서 쇠뇌의 위치가 어둠 속에 가려 잘 보이지 않게 되었다는 부분이었는데, 그것은 실력(?)으로 충분히 해결 가능한 문제였다.

퍼펑- 펑-!

어차피 쇠뇌가 이동이 가능한 것도 아니고 한 자리에 고정되어 있기 때문에, 좌표를 기억해서 저격하면 충분히 맞출 수 있었으니 말이다.

물론 그것이, 절대로 쉽다는 이야기는 아니었다.

–파티원 이안이 '강철의 기계 쇠뇌'를 파괴하였습니다!
–파티원 이안이 '강철의 기계 쇠뇌'를 파괴하였습니다!

쇠뇌가 파괴되었다는 메시지를 확인한 조나단의 입은 이미 쩍 하고 벌어져 있었으니까.

"너…… 소환술사 아니었냐?"

"맞지."

"근데 무슨 활을 그렇게 잘 쏴?"

"전직 궁사였거든."

"이런 미친……."

사실 중간계에 입성할 정도로 경험치를 쌓은 고레벨 궁사라면, 방금 이안이 보여 준 정도는 대부분 할 수 있는 게 맞았다.

　　하지만 그것은 명중률 보정을 해 주는 궁사 클래스의 패시브를 가지고 있을 때의 이야기였고, 이안은 엄연히 소환술사였다.

　　그런 추가 보정 없이 속사를 하여 순식간에 세 개의 쇠뇌를 부숴 버린 이안의 퍼포먼스는 아무나 할 수 있는 것이 아니었고, 그러한 사실들을 알고 있기에 조나단은 경악할 수밖에 없었던 것이다.

　　'진짜 피지컬이 무슨……'

　　그리고 NPC인 엘리샤 또한, 이안의 활약에 놀라움을 금치 못했다.

　　-역시 이안 님……! 제가 사람을 제대로 봤군요!

　　"후후, 별말씀을."

　　하지만 엘리샤가 놀란 것은 조나단과 달리, 단순히 이안의 활 실력 때문만이 아니었다.

　　그녀는 강철 쇠뇌에 침착하게 대응하는 이안의 모습에서 더욱 신뢰를 얻은 것이었으니 말이다.

　　이안의 활약 속에서 추가로 등장하는 쇠뇌들을 차근차근 파괴하며, 점점 더 지하 깊숙한 곳으로 내려가는 일행들.

　　그리고 그렇게 십수 개 정도의 쇠뇌를 더 파괴했을까?

순조롭게 던전을 공략하던 이안 일행은 드디어 첫 번째 난관을 맞게 되었다.

피피핑-!

이안이 쇠뇌를 향해 쏘아 내려 보낸 화살이 시커먼 소용돌이에 휘감기더니, 거대한 굉음이 울려 퍼지기 시작한 것이다.

기이잉-!

쿠구구궁!

하여 살짝 당황한 이안은 반사적으로 엘리샤를 향해 물어보았다.

"엘리샤 님, 이건 뭐죠?"

-자, 잠시만요……!

이어서 쇠뇌를 피해 아래쪽으로 살짝 내려간 엘리샤가 곧바로 굉음의 정체를 확인하고는 다시 소리쳤다.

-카그루스예요!

"카그……루스요?"

-뇌옥을 지키는 간수장이죠.

엘리샤의 말을 듣는 와중에도, 이안의 시선은 거대한 소용돌이에 고정되어 있었다.

그리고 잠시 후, 굉음과 함께 커다랗게 휘몰아치는 어둠의 소용돌이 속에서 거대한 몸집을 가진 괴물 하나가 천천히 모습을 드러내었다.

-기계 카그루스/Lv.180(초월)

이어서 어둠 밖으로 모습을 드러낸 기계 괴수의 형상을 확인한 이안은 살짝 당황한 표정이 될 수밖에 없었다.

"귀, 귀룡……?"

카일란의 소환수들은 무척이나 복잡하고 다양한 진화 트리를 가지고 있다.

일단 초보 소환술사가 가장 쉽게 접근 가능한 소환수인 늑대만 보더라도, 속성에 따라 등급에 따라 다양한 상위 개체로 진화하도록 되어 있었으니 말이다.

이안의 첫 번째 소환수인 라이의 경우, 붉은 갈기 늑대를 거쳐 '펜리르'까지 진화했다면, 이안이 키워 보지 못한 푸른 갈기 늑대의 경우, 사족보행형 늑대인 '하티'로 진화하도록 되어 있었으며, 심지어 일반 등급부터 희귀, 유일, 영웅, 전설까지 모든 등급을 거쳐 진화하는 소환수가 있는 반면, 어떤 소환수는 유일 등급에서 곧바로 전설 등급으로 진화하기도 하니, 소환수 연구가 취미인 이안조차도, 모든 소환수들의 진화 트리를 외울 수 없는 수준으로 다양한 것이다.

하지만 이안이 거의 모든 진화 트리를 꿰고 있는 종족도 있었으니, 그것은 바로 이안이 가지고 있는 소환수들의 종족이었다.

거북이나 용, 그리고 호랑이나 늑대 등의 종족은, 모르는 소환수나 진화 트리가 없을 정도로 빠삭하게 공부해 뒀으니 말이다.

그 때문에 이안은 놀랄 수밖에 없었다.

지금 눈앞에 나타난 기계 괴수가 분명히 빡빡이와 같은 종種인 전설 등급 '귀룡龜龍'의 형상을 하고 있었는데, 지금껏 한 번도 들어 보지 못했던 이름을 가지고 있었으니 말이다.

물론 녀석은 평범한 소환수가 아닌 기계 괴수였다.

하지만 녀석의 이름 또한 '기계 카그루스'였으니, 어딘가에 카그루스라는 이름을 가진 평범한 소환수가 존재할 확률이 높은 것이다. 보통 저런 이름을 가진 기계 괴수들의 경우, 실존하는 소환수를 모티브로 제작된 경우가 많았으니까.

'지금까지 교수님 연구소에서 진화시킨 터틀이 수백 마리는 될 건데……. 아직 카그루스라는 이름의 귀룡은 진화 성공한 적이 없어.'

보스급 몬스터로 만들어져서인지, 빡빡이보다 서너 배는 거대한 몸집을 자랑하는 카그루스.

용을 닮은 거대한 머리를 돌려 이안 일행을 응시한 카그루스가 날카로운 이빨을 드러내며 입을 열었다.

기깅- 기이잉-!

-건방진 침입자들……

이어서 카그루스의 등껍질에 휘감긴 커다란 기계 뱀 또한, 혀를 날름거리며 이안 일행을 위협하기 시작하였다.

-무간옥에 제 발로 걸어 들어오다니…… 멍청한 인간들이로군.

"걸어 들어온 건 아니고, 날아 들어왔…….."

-캬아아악-! 시끄럽다!

뱀의 머리가 입을 쩍 벌리고 포효하자, 이안 일행을 향해 적보랏빛의 액체가 분무되었다.

한눈에 보아도, 강력한 맹독을 품은 광역 공격.

그것을 확인한 이안은 곧바로 뿍뿍이의 고유 능력을 발동시켰다.

"뿍뿍이, 빙하의 장막!"

쿠구웅-!

뿍뿍이의 입에서 뿜어 나온 거대한 물줄기가 한기의 장막을 만들며 맹독을 막아 내었고.

촤아-!

-죽어라! 허약한 인간들이여!

그것으로 '기계 카그루스'와의 본격적인 전투가 시작되었다.

'기계 카그루스'는 무척이나 강력하였다.

하지만 그렇다고 해서, 파괴의 군단장 피켄로보다 강력한 수준은 아니었다.

'맷집은 두 배도 넘는 것 같지만…… 어쨌든 귀룡이라 그런지, 탱커에 더 가까운 녀석이야.'

한 방 한 방이 무식하게 강력한 공격인 것은 사실이나, 무척이나 느릿한 탓에 피해 내기 수월했으며.

그렇다고 해서 특별한 광역 군중 제어 기술을 가진 것도 아니었으니, 보스 자체의 난이도는 평범한 수준이었던 것이다.

하지만 그것은 보스 하나만을 봤을 때 그렇다는 것이지, 이 보스 페이즈 자체가 수월하다는 이야기는 결코 아니었다.

카그루스와의 전투가 시작되자, 주변에서 까다롭고 강력한 기계 기관들이 모습을 드러내었으니 말이다.

피핑- 핑-!

초입부터 이안 일행을 위협하던 강철의 쇠뇌는 기본이었으며.

그그긍- 지이이잉-!

필드 전체에 이동속도를 감소시키는 사악한 장판 디버프까지.

게다가 발 디딜 곳 하나 없는 필드 안에서 카그루스를 상대하고, 그 와중에 모든 쇠뇌 공격을 피해 내는 것은 그야말로 지옥의 난이도에 가까운 것이라고 할 수 있었다.

쉬이익- 콰앙-!

그 때문에 비도술을 사용하여 카그루스를 공격하던 조나단은 다급한 목소리로 이안을 향해 소리쳤다.

"이안! 쇠뇌를 먼저 파괴해!"

디버프 장판이 깔리기 전까지만 해도 어찌어찌 쇠뇌를 피해 가며 딜을 넣고 있었는데.

이동속도가 급격히 떨어지고 나니, 아무리 조나단이라 해도 모든 쇠뇌를 피할 수는 없게 된 것.

촤라악-!

그리고 그런 조나단의 목소리가 울려 퍼지기 무섭게, 이안의 화살이 두 대의 쇠뇌를 폭파시켰다.

쾅- 콰아앙-!

"나이스!"

하지만 잠시 후, 조나단은 다시 당황한 표정이 될 수밖에 없었다.

"아니, 이안, 뭐 해! 나머지도 부숴!"

카그루스의 주변으로 생성된 다섯 개의 쇠뇌 중, 두 대 만을 파괴한 이안이, 다시 카그루스를 타게팅하기 시작했으니 말이었다.

어찌 된 일인지 남은 쇠뇌들은 먼저 파괴할 생각이 없는 것.

그리고 이어진 이안의 말을 들은 조나단은, 어이없는 표정이 될 수밖에 없었다.

"세 대는 남겨 둬야 해."

지금 세 대가 아니라 한 대의 쇠뇌만 있어도 버텨 내기 힘든 상황이었는데, 일부러 세 대의 쇠뇌를 남겨 놓는다고 이야기하니 말이다.

"대체 왜!"

"그 이유는 곧 설명해 줄게."

"못 버틴다고, 이러면!"

"버틸 수 있게 해 줄 거야."

"……?"

조나단은 이안의 행동을 이해할 수 없었지만, 결국 그의 오더를 따라 움직일 수밖에 없었다.

어쨌든 이 파티를 움직이는 컨트롤 타워는 이안이었고, 그가 아무 생각 없이 그러한 오더를 내리지는 않았을 테니 말이다.

물론 세 대의 쇠뇌가 쏘아 내는 화살을 피해 내느라 보스에게 집어넣는 딜량은 절반 이하로 줄어들었지만, 이안에게 무슨 생각이 있겠거니 짐작할 수밖에 없는 것.

그리고 그렇게 5분 정도가 지났을까?

결국 조나단은 한 발의 화살을 허용할 수밖에 없는 상황이 되고 말았다.

"으아앗……!"

카그루스의 변칙 공격을 피하다 보니, 외통수에 걸리고 만 것이다.

'젠장, 그래도 한 방에 뒈지진 않겠지?'

하지만 다음 순간.

"……?"

조나단은 다시, 놀랄 수밖에 없었다.

우우웅-!

-파티원 '이안'이 정령 마법 '권능의 보호막(水)'을 사용하였습니다.

-파티원 '이안'이 정령 마법 '권능의 보호막(水)'을 사용하였습니다.

-파티원 '이안'이 정령 마법 '권능의 보호막(水)'을 사용하였습니다.

……후략…….

순간적으로 정체를 알 수 없는(?) 실드가 순식간에 중첩되더니 조나단에게 쇄도하던 쇠뇌를 그대로 흡수해 버린 것이다.

이어서 다음 순간.

콰아아아-!

거대한 청록빛의 파도가, 전장에 휘몰아치기 시작하였다.

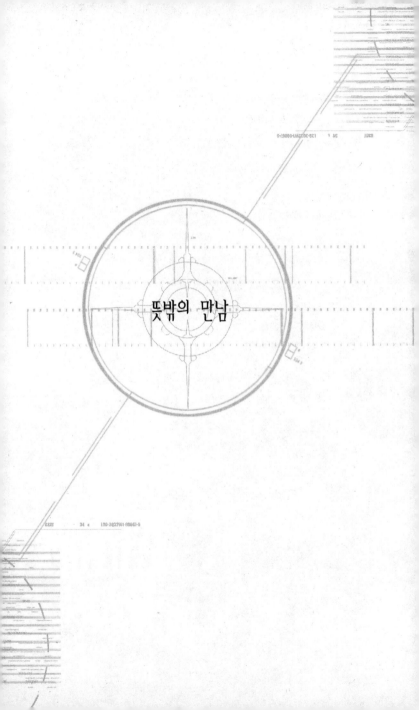

뜻밖의 만남

Taming
Master

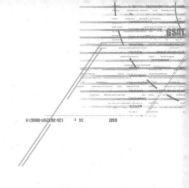

  무간옥을 지키는 강철 쇠뇌들은 그야말로 사기적인 스펙을 가지고 있다.

  재장전 시간이 그렇게 짧은 편은 아니었지만, 어지간한 딜러는 한 방에 터뜨릴 만큼 강력한 공격력을 가지고 있었으니 말이다.

  게다가 '강철'이라는 수식어 때문인지 어지간한 방어 타워만큼 높은 내구도까지 가지고 있었으니.

  뇌옥 곳곳에 존재하는 이 쇠뇌들은 어지간히 까다로운 기관 시설이 아닐 수 없는 것이다.

  그러나 이 쇠뇌들에게는 한 가지 치명적인 약점이 있었는데, 그것은 바로 항상 위치가 '고정'되어 있다는 점.

한번 쇠뇌의 위치 좌표를 파악해 두면 다른 변수가 생길 일이 없었으니.

이것을 잘만 이용하면, 충분히 공략할 만한 요소라고 할 수 있었다.

"후욱, 후욱."

그리고 조나단이 지금까지 단 한 발의 쇠뇌도 맞지 않고 카그루스에게 딜을 넣을 수 있었던 이유도, 바로 여기에 있었다.

강철 쇠뇌는 항상 같은 위치에서, 같은 시간을 간격으로 발사되었기 때문에, 그것을 몸으로 체득한 조나단은 방금 전까지 모든 쇠뇌를 다 피해 낼 수 있었던 것이다.

그런데 여기서 재밌는 것은, 그 쇠뇌의 '약점'을 이안은 한 차원 더 높은 관점에서 이용하고 있었다는 사실이었다.

"이거 무슨 실드야?"

"잘 피하네, 조나단."

"……?"

"지금보단 조금 더 자주 맞아도 돼."

"그게 무슨……?"

"좀 더 공격적으로 딜 넣어 보라고. 내가 실드 지원해 줄 테니까."

"……!"

현존하는 정령술사 중 가장 정령 마력이 높은 유저는, 단

연 이안일 것이다.

그리고 이안이 만들어 내는 권능의 보호막의 실드량은 이안이 가진 정령 마력에 비례하여 결정된다.

물론 보호막의 계수가 사제들이 쓰는 보호막에 비해 많이 부족한 것은 사실이었지만.

그래도 4~5중첩을 한 번에 걸어 버리면, 쇠뇌 한 발 정도는 거뜬히 막아 낼 수 있는 것이다.

그렇다면 보호막을 4~5중첩 하는 것이 쉬운 일이냐?

그건 당연히 아니었다.

권능의 보호막은 재사용 대기시간이 없는 대신, 동시에 셋 이상의 적에게 물 속성 정령 마법을 맞춰야 발동한다는 조건이 있었으니.

일반적인 경우라면 그것은 무척이나 어려운 일이었다.

하지만 이 보호막 활용을 위해 미리 '설계'를 해 놓은 지금 상황이라면 이야기가 조금 달랐다.

'흐흐, 역시 쇠뇌를 남겨 놓길 잘했어. 이건 거의 뭐 보호막 셔틀이잖아?'

지금 이안이 남겨 둔 세 개의 쇠뇌는 전부 좌측 측방에 설치된 쇠뇌들이었다.

그리고 이안이 가진 하급 정령 마법 중에는 '워터 건'이라는 기본적인 논타깃 마법이 하나 있었는데.

이것은 거의 쇠뇌만큼이나 투사체 속도가 빠른, 말 그대로 물총이라 할 수 있는 마법이었다.

쉽게 말해 이안은 이 '물총'을 실드가 필요할 때마다 쇠뇌를 향해 쏘아 댈 생각인 것이었다.

물론 생각하기에 따라 먼 거리의 쇠뇌 세 개를 동시에 맞추는 게 결코 쉽다고 할 수 있는 일은 아니었지만.

이안 같은 논타깃 장인에게는 반대로 어렵지도 않은 일이었던 것.

적어도 움직이지 않는 목표물을 맞히는 것 정도는, 이안에게 식은 죽 먹기였으니 말이다.

'나는 최대한 실드 셔틀에 집중해야겠어. 조나단도 단일 딜은 충분히 강력하고, 카이자르나 헬라임도 못지않은 DPS를 가지고 있으니까.'

하여 이안의 말을 들은 조나단은 고개를 끄덕이며 눈을 빛내었다.

"좋아. 그렇다면 좀 더 격하게 싸워 보도록 하지."

물론 이안의 대답을 들은 순간, 인상을 확 구겨야 했지만 말이었다.

"헬라임이랑 카이자르보다 DPS 낮으면, 바로 해고야, 조나단."

"미친! 내가 무슨 네 가신이냐?"

"내가 언제 가신이랬냐? 해고당하기 싫으면 잘하라고 그랬지."

"후우……."

여하튼 이안이 만들어 내는 사기적인 실드를 본 조나단은 전투에 조금 더 힘을 얻었다.

'이렇게 되면 보험을 하나 들어 놓은 셈이니…… 확실히 싸우기 수월해졌군.'

물론 헬라임과 카이자르보다 DPS가 낮으면 해고라는 이안의 말이 은근히 거슬렸지만, 뇌리에 맴도는 그 말은 최대한 신경 쓰지 않으려 노력하였다.

'아무리 이안이라도 가신이랑 날 비교하다니…….'

으득-!

이를 앙다문 조나단은 검을 쥔 손에 더욱 힘을 주었다.

'왜 암살자의 단일 딜이 카일란 최강인지…… 이번 기회에 제대로 보여 줘야겠군.'

우우웅-!

조나단이 쥔 검의 새하얀 검신이 붉은 핏빛으로 서서히 물들기 시작하였다.

이어서 양손으로 쥔 검을 뒤로 넘겨 늘어뜨린 조나단의 신형이 한 줄기 붉은 빛이 되어 카그루스를 향해 쇄도하기 시작하였고.

쐐애애액-!

조나단의 잔영이 만들어 낸 핏빛 검기는 그대로 카그루스의 목덜미를 가르고 지나갔다.

카그루스는 강력했다. 하지만 이안 일행은 너무도 손쉽게 녀석을 상대할 수 있었다.

─크롸아아악! 이 쥐새끼 같은 놈들!

카그루스가 까다로운 것은 제법 자주 발동되는 광역 매즈기와 강력한 맹독 공격. 그리고 탱커형 몬스터답게 어마어마한 수준의 맷집 때문이었다.

하지만 쇠뇌를 이용한 이안의 실드가 계속해서 광역으로 파티원을 보호하니, 사실상 카그루스의 장점은 맷집밖에 남지 않은 것이다.

쉽게 말해, 체력만 많은 고깃덩이로 전락해 버린 것.

하여 카그루스가 아직 완전히 처치되지 않은 상황임에도 불구하고, 이안과 조나단은 무척이나 여유로운 표정이었다.

"뭔가 허무할 정도로, 난이도가 내려가 버렸군."

"보호막 그거, 치트키 아냐?"

"글쎄, 그냥 내가 잘 쓴 것뿐인데?"

"잘난 척은……."

심지어 비장의 카드로 준비해 뒀던 드라고닉 배리어와 권능의 보호막 시너지는, 꺼내 들 기회조차 오지 않고 전투가 거의 끝나 버렸으니.

이안의 입장에서는 충분히 허무할 만한 것이다.

'보호막 하나로 난이도가 이렇게 달라지다니⋯⋯ 확실히 정령왕은 정령왕인가.'

만약 카그루스에게 강력한 단일기가 있었다면 권능의 보호막으로 커버가 힘들었겠지만.

거의 대부분의 공격 페이즈가 광역 지속딜로 이뤄져 있던 것이 허무한 난이도(?)의 원인이라고 할 수 있었다.

"자, 이제 빠르게 마무리하자고. 분명 이놈이 끝이 아닐 테니까."

-건방진⋯⋯!

"태초의 파도⋯⋯!"

이안이 지팡이를 휘두르자, 커다란 푸른 빛깔의 기운이 전장에 넘실거리기 시작하였다.

-정령왕 '엘리샤'의 고유 능력, '태초의 파도'를 발동하였습니다.

콰아아아-!

-범위 내 모든 아군의 생명력 회복량이 30%만큼 증가합니다.
-물 속성을 가진 정령 '블래스터'의 이동속도가 50%만큼 빨라집니다.

촤아악-!

–무간옥의 간수장 '기계 카그루스'의 저항력이 50%만큼 감소합니다.
–무간옥의 간수장 '기계 카그루스'의 이동속도가 50%만큼 감소합니다.
……후략…….


그리고 푸른 파도에 휩싸인 카그루스는 그대로 그 자리에
묶여 버릴 수밖에 없었다.

애초에 둔하고 거대한 몸집을 가진 카그루스가 이속 감소
효과까지 받자, 정말 옴짝달싹 못 하게 되어 버린 것이다.

이어서 카그루스의 공격 기술이 발동하려는 것을 확인한
이안은 곧바로 '권능의 보호막'을 발동시킨 뒤, 그대로 무기
를 스와프하였다.

띠링–!


–'태고의 땅(신화)(초월)' 장비를 해제합니다.
–'악령의 심판 검' 장비를 착용하였습니다.


트로웰로부터 얻은 지팡이인 '태고의 땅'을 착용 해제하고
'악령의 심판 검'을 양손에 쥔 이안.

이안이 악령의 심판 검을 쥔 이유는 간단하였다.

카그루스의 주 속성이 '어비스' 속성이었으니 말이었다.

녀석이 기계 괴수임을 감안할 때, 무척이나 특이하게도 말
이다.

스르릉-!

아이언의 등에서 검을 번쩍 치켜든 채, 그대로 카그루스를 향해 쇄도하는 이안!

"헬라임, 측방의 쇠뇌를 부탁해."

"명을 받듭니다, 폐하……!"

이안은 깔끔한 마무리를 위해, 헬라임에게 쇠뇌들을 마무리시키는 것도 잊지 않았다.

이안의 활질을 제외한다면, 까망이와 헬라임의 고유 능력 시너지만큼, 깔끔하게 쇠뇌를 터뜨릴 수 있는 수단도 없었으니 말이다.


-소환수 '까망이'의 고유 능력, '어둠의 날개'가 발동합니다.

-'강철 쇠뇌'에 치명적인 피해를 입혔습니다!

-'강철 쇠뇌'의 내구도가 198,200만큼 감소합니다!

-'강철 쇠뇌'의 내구도가 210,930만큼 감소합니다!

……중략……

-가신 '헬라임'이 고유 능력 '다크비전Dark Vision'을 발동합니다.

-'헬라임'이 '강철 쇠뇌'에게 치명적인 피해를 입혔습니다.

-'강철 쇠뇌'의 내구도가 전부 소진되었습니다.

-'강철 쇠뇌'를 성공적으로 파괴하셨습니다!

-'강철 쇠뇌'를 성공적으로 파괴하셨습니다!

-'강철 쇠뇌'를 성공적으로 파괴하셨습니다!

까망이의 광역 어둠 공격이 묻은 뒤에 헬라임의 다크비전이 연쇄적으로 터지니, 그렇지 않아도 이미 절반 이상의 내구도가 닳아 있던 쇠뇌들은 깔끔하게 정리될 수밖에 없는 것이다.

타탓-!

이어서 아이언의 등을 밟고 뛰어오른 이안이 카그루스를 향해 달려들자, 라카도르의 등에서 검을 겨누고 있던 조나단 또한 지체 없이 몸을 날렸다.

쐐애액-!

그리고 그것으로, 거대한 카그루스의 몸체는 부서져 내릴 수밖에 없었다.

-무간옥의 간수장 '기계 카그루스'에게 치명적인 피해를 입혔습니다!
-'기계 카그루스'의 생명력이 798,409만큼 감소합니다!
-파티원 '조나단'이 '기계 카그루스'에게 치명적인 피해를 입혔습니다!
-'기계 카그루스'의 생명력이 218,754만큼 감소합니다!
-'기계 카그루스'의 생명력이 343,389만큼 감소합니다!
-'기계 카그루스'의 생명력이 757,766만큼 감소합니다!
……중략……
-'기계 카그루스'를 성공적으로 처치하였습니다!

이안과 조나단. 그리고 소환수들의 공격이 동시에 카그루스를 향해 집중되면서, 수천만 단위의 수치를 가진 카그루스의 생명력 게이지도, 결국 바닥까지 떨어질 수밖에 없었던 것이다.

그야말로 깔끔한 마무리!

키에에에엑-!

모든 생명력을 잃은 카그루스는 그대로 절벽 아래로 떨어져 내릴 수밖에 없었다.

그극- 그그긍-.

뇌옥의 한쪽 벽에 똬리를 틀고 이안 일행을 상대하던 카그루스가 생명력을 잃자 그대로 바닥까지 추락해 버린 것이다.

아직까지도 끝이 보이지 않을 만큼 깊은 어둠 속으로 떨어져 내렸음에도 불구하고, 워낙 거대한 몸집을 가져서인지 뇌옥 전체가 울릴 정도의 굉음을 만들어 내는 카그루스!

콰앙!

그런 카그루스의 몰락을 확인한 엘리샤는 놀란 표정이 되어 중얼거리듯 입을 열었다.

-카그루스를 이렇게 쉽게…….

오래 전 카그루스를 직접 상대해 본 경험이 있는 엘리샤로서는 이안 일행이 이렇게 쉽게 카그루스를 처치해 낸 것이 믿을 수 없었던 것이다.

그리고 길을 막고 있던 카그루스가 정리되자, 무간옥의 바닥까지 내려가는 것은 일사천리로 진행되었다.

피핑- 피피핑-!

콰콰쾅-!

이제 쇠뇌들이 위치할 만한 좌표를 예상까지도 가능한 수준이 된 이안이, 마치 허수아비 베어 내기라도 하듯, 선봉에서 순식간에 쇠뇌들을 제거했으니 말이다.

이어서 그렇게, 약 10분 정도를 더 이동했을까?

탓-!

드디어 이안 일행은 무간옥의 바닥을 밟아 볼 수 있었다.

"후, 진짜 이렇게 깊은 지하는 처음이야."

그리고 밝혀지지 않은 뇌옥의 어둠 속에서, 커다란 두 눈이 이안 일행을 지켜보고 있었다.

처음 엘리샤의 안내를 따라 이 '데브라 언덕' 꼭대기에 도달했을 때, 엘리샤는 무간옥의 바닥을 밟는 시점부터가 본격적인 '지옥'의 시작이라고 경고하였다.

'무간옥의 바닥을 지저갱이라 했었고, 여기부터가 진짜 지옥이라 했었지.'

그리고 그 경고는 단순히 이안을 겁주기 위한 목적이 아니었다.

이 지저갱의 간수들이 얼마나 위협적이고 강력한지는 엘리샤만큼 잘 아는 인물도 없었으니 말이었다.

물론 일반 간수들이 간수장인 '카그루스'만큼 강력하지는 않겠지만, 혼자인 카그루스와 달리 지저갱의 간수들은 여럿이었으니.

상대적인 난이도를 놓고 봤을 땐, 다수의 간수들을 상대하는 것이 훨씬 더 어려울 수밖에 없는 것이다.

그리고 그러한 설명을 엘리샤로부터 들은 이안은 최대한 보수적으로 움직이기 시작하였다.

"카카, 부탁할게."

"알겠다, 주인. 나만 믿어라."

포롱- 포롱-!

항상 이안의 파티에서 훌륭한 정찰 역할을 수행해 주는 카카를 앞세워, 아주 천천히 목적지를 향해 이동하기 시작한 것이다.

그나마 다행인 것은 지저갱의 구조를 알고 있는 엘리샤 덕에, 지하에서 길을 찾는다고 헤매지는 않아도 된다는 점.

그리고 만만의 대비를 한 덕인지, 갱도의 곳곳에서 지속적으로 튀어나오는 간수들을 이안 일행은 어렵지 않게 제압할 수 있었다.

"조나단, 왼쪽을 맡아 줘!"

"알겠다."

콰콰쾅-!

평범한 간수들의 레벨도 전부 초월 150레벨 이상이었으나, 엘리샤의 고유 능력을 최대한 활용하여, 피해 누적을 최소화시키는 게 가능했던 것이다.

그리고 지저갱에서 대략 20분 정도를 움직인 이안은 이 필드의 구조가 어떤 식으로 되어 있는지 어느 정도 파악할 수 있었다.

'복도 양쪽에 감옥이 각각 세 개씩 등장할 때마다, 새로운 간수들이 필드에 나타나는군.'

한 번에 등장하는 지저갱의 간수는 보통 3~5명 정도였다.

구역별로 셋의 간수가 지키고 있는 것이 일반적이었으며, 몇 개의 구역을 총괄하는 간부급 간수와, 열 개 단위의 구역을 총괄하는 네임드급 간수가 추가로 존재하는 구조인 것이다.

그리고 엘리샤가 '지옥'이라고 표현했던 난이도는, 간부급 간수에 네임드급 간수까지 한 번에 등장하는 페이즈에서 경험할 수 있었다.

네임드급 간수의 경우, 간수장인 카그로스와 비교해도 맷집을 제외하고는 전혀 꿇리는 게 없을 정도의 강력한 전투력을 가지고 있었으니 말이었다.

가시적으로 확인 가능한 초월 레벨 또한, 카그로스와 다를 것 없는 170레벨대.

하지만 그렇다고 해서, 이안의 예상 범위 밖을 벗어나는 수준의 난이도는 아니라고 할 수 있었다.

콰앙-!

-지저갱의 간수 '토트라쿤'을 처치하였습니다!

-네임드 NPC를 처치하였습니다!

-명성(초월)이 1,000만큼 증가합니다!

-'라카토리움의 강철 메달' 아이템을 획득하였습니다.

……후략…….


"웃차, 이번에도 깔끔하고……!"

"마지막엔 조금 위험했어, 이안."

"위험하긴. 아직 드라고닉 배리어도 안 썼는데."

"그게 뭔데?"

"좀 더 위험해지면 알게 될 거야."

"…… ."

오히려 네임드 간수들을 하나씩 처치할 때마다, 이안은 싱글벙글 웃음이 나올 지경이었다.

전투가 조금 힘들기는 해도, 보상이 어마어마한 수준이었으니 말이다.

하나 처치할 때마다 무려 1,000이나 되는 초월 명성을 획득하는 데다, 경매장에서 차원 코인으로 비싸게 팔리는 라카토리움의 메달 아이템도 하나씩 꼬박꼬박 드롭되고.

무엇보다 가장 고무적인 것은 그렇게도 오르지 않던 경험치 게이지가, 네임드 한 놈 처치할 때마다 무려 3% 가까이 차올랐으니 말이었다.

심지어는 퀘스트고 나발이고, 이 지저갱에 며칠 눌러앉고 싶을 수준!

'그냥 여기서 파밍 좀 더 하면 안 되나? 엘리샤 좀 늦게 구하러 가도 될 것 같은데…….'

물론 이안이 이런 생각을 하고 있는 줄 꿈에도 모르는 엘리샤는 연신 감탄하고 있었지만 말이었다.

ー지저갱의 간수들을 이렇게 쉽게 처치하다니…….

"쉽게라뇨. 지금 탈진 직전인 거 안 보입니까, 정령왕 누님."

조나단의 투덜거림에 엘리샤가 빙긋 웃으며 대답하였다.

ー지저갱의 간수들은 찰리스 학파에서도 최상급 전투 요원들이에요.

"크흠."

ー이안 님도, 조나단 님도. 지금까지 제가 만난 어떤 중간자보다도 강력하시네요.

"하, 하핫. 그거야 물론……."

엘리샤의 칭찬에 힘이 났는지, 퀭하던 표정이 다시 살아난 조나단.

그리고 그런 둘의 사이에서 머릿속으로 퀘스트의 가치를 저울질하던 이안은 결국 노가다를 포기할 수밖에 없었다.

'쩝. 그래도 퀘스트를 빨리 진행하는 게 옳겠지.'

무한 체력(?)의 이안과 달리 조나단은 슬슬 지치고 있었으며, 조나단 없이 이안 혼자서는 이 정도의 사냥 효율이 나오지 않았으니 말이다.

그리고 무엇보다도.

메인 스토리가 걸려 있는 에픽 퀘스트의 가치는 경험치나 재화 따위로 환산할 수 없는 것이었다.

하여 이안은 지쳐 앉아 있는 조나단의 손을 잡아끌었다.

"자, 정비했으면, 이제 다음 구역으로 이동하자고."

"조금만 더 쉬면 안 되냐?"

"빨리 끝내고 쭉 쉬는 편이 낫지 않을까, 친구?"

"휴우, 알겠다."

조나단은 점점 체력이 고갈되는 것을 느꼈지만, 그래도 무척이나 적극적이었다.

이안에게서 받기로 한 보상(?)을 떠나, 네임드 간수들을 처치할 때마다 획득하는 전리품들은 그에게도 무척이나 매력적인 것이었으니 말이다.

하여 체력이 떨어짐에도 불구하고 공략 방식이 더 체계적이고 정교해진 탓인지, 이안 일행의 이동속도는 오히려 조금씩 빨라졌다.

—자, 이제 여기만 넘어가면 마지막 구역이에요.

"드디어…… 끝이 보이는군요."

—아마 이쪽 구역은 '케르퍼'라는 간수가 지키고 있을 거예요. 거대한 두 개의 사슬낫을 자유자재로 사용하는 녀석이죠.

"거대한 사슬낫이라……."

"거리만 좁힐 수 있으면 어렵지 않겠군."

엘리샤가 처음에 알려 줬던 최종 좌표가 드디어 미니 맵에 보이기 시작한 것이다.

－케르퍼를 처치한 뒤에는, 조금 쉬면서 정비하는 게 좋을 거예요.

"마지막 구역에는 특별한 기계 괴물이라도 있는 건가요?"

－비슷해요, 이안 님. 카그루스보다 더 강력한 녀석이, 아마 제가 봉인된 '기계 제단'을 지키고 있을 테니까요.

엘리샤의 설명을 들은 이안은 미니 맵을 확대하여 조금 더 자세히 살펴보았다.

그러자 대충 어떤 식으로 전투가 흘러갈지, 머릿속에 그려지기 시작하였다.

'케르퍼라는 놈만 처치하면, 미니 맵 상단에 표시된 좁은 통로가 열릴 테고…… 여길 통과하면 이제 마지막 페이즈일 것 같은데…….'

엘리샤가 이야기한 마지막 구역은 지금까지 이안 일행이 지나온 지저갱의 구조와는 확실히 다른 형태였다.

좁은 복도 양쪽으로 감옥들이 쭉 나열되어 있던 것이 지금까지 지저갱의 구조였다면.

엘리샤의 본체가 봉인되어 있을 것으로 짐작되는 마지막 구역은 미니 맵상 정육각형의 거대한 형태로 보였으니 말이었다.

거기에 육각형의 외곽 쪽으로 작은 사각형들이 수없이 많이 붙어 있는 평면을 보면, 거대한 공간 주변으로 수많은 감옥 들이 연결되어 있음을 짐작할 수 있었다.

'후, 저 작은 감옥들에서 간수들이 쏟아져 나올 걸 생각하면…… 저기가 확실히 보스 페이즈겠군.'

그리고 이안이 예상한 시나리오는 대부분 맞아떨어지는 것이었다.

쿠웅-!

–지옥의 간수 '케르퍼'를 성공적으로 처치하였습니다!

–최상급 네임드 NPC를 처치하였습니다!

–명성(초월)이 3,000만큼 증가합니다!

–'라카토리움의 강철 메달' 아이템을 획득하였습니다.

……중략……

–'지저갱의 녹슨 열쇠' 아이템을 획득하셨습니다!

–조건이 충족되었습니다!

–이제 '기계 제단'으로 통하는 철문을 개방할 수 있습니다!

그가 짐작했던 대로 케르퍼를 처치하고 나자, 제단으로 통하는 뒷문을 열 수 있도록 조건이 충족된 것이다.

"자, 그럼 여기서 마지막 정비를 시작하자고."

"대충 5분 정도면 되겠지?"

"아니. 인간적으로 10분은 줘야 하는 것 아니냐?"

"오케이, 그럼 10분."

"……."

하여 이안과 조나단은 보스 페이즈로 들어가기 전 마지막 점검을 시작하였다.

그 어느 때보다도 꼼꼼하게, 모든 장비 세팅과 스킬 상태를 점검한 것이다.

지금까지의 난이도를 봤을 때 보스 페이지가 얼마나 어려울지는 어느 정도 짐작이 되었으니 말이다.

그리고 전열을 정비하는 동안, 이안은 이어질 퀘스트의 진행을 머릿속으로 그려 보았다.

'이제 엘리샤의 봉인을 성공적으로 풀고 나면, 전쟁을 끝내러 정령계로 돌아가면 되는 건가.'

이어서 이안의 입꼬리가 저도 모르게 히죽 말려 올라갔다.

전장에 복귀하면 그곳에는 트로웰도 있을 것이었고, 그렇다면 온전한 힘을 복구한 엘리샤와 트로웰을 동시에 전장에서 부릴 수 있게 되는 것이었으니 말이다.

'으, 빨리 해 보고 싶다!'

우선 봉인이 풀린 엘리샤만 해도 200레벨에 어울리는 훨씬 더 강력한 스탯을 가지게 될 것임은 물론, 지금은 사용할 수 없는 세 가지의 고유 능력도 추가로 사용하게 될 것이었으며, 거기에 비슷한 퍼포먼스를 보여 줄 대지의 정령왕 트로웰까지도 전장에서 마음껏 부려 볼 수 있으니, 이안은 가히 일인군단이라 해도 부족하지 않을 어마어마한 전투력을 발휘할 수 있게 되는 것이다.

물론 '차원 전쟁'이라는 에피소드 한정이긴 하였지만, 그 동안만 해도 충분히 많은 이득을 볼 수 있을 것이었다.

그리고 거기까지 생각이 미친 이안은 자신도 모르게 자리에서 벌떡 일어섰다.

"자, 그럼 이제 다시 움직여 볼까?"

"야, 이 미x놈아! 아직 7분밖에 안 지났다고!"

"아, 그래? 아직 10분 안 됐나……?"

그런데 이안 일행의 최종 정비가 그렇게 마무리되어 갈 무렵.

뿌북-!

이안의 귓전에, 뭔가 익숙하면서도 이질적인(?) 소리가 들려왔다.

뿍- 뿍- 뿌북-!

어딘지 모르게 어색하긴 하지만, 뿍뿍이가 걸어 다닐 때와 비슷한 소리가 멀찍이서 들려온 것이다.

"뭐야, 뿍뿍이 어디가?"

"뿍?"

그리고 다음 순간, 이안은 당황할 수밖에 없었다.

"이제 전투 들어가야 되는데, 마음대로 돌아다니면 어떻게 해."

"나 움직인 적 없뿍, 주인아."

"음……?"

분명 뿍뿍이의 발소리 같은 것이 멀리서 들려왔는데, 뿍뿍이는 그의 뒤에서 한 발짝도 움직이지 않고 가만히 앉아 있었으니 말이었다.

뿍뿍이의 걸음 소리는 어지간해서는 따라 하기 힘들 정도로 독특했기 때문에, 이안으로서는 혼란스러울 수밖에 없는 것.

'뭐, 뭐지? 환청이라도 들은 건가?'

하지만 뿍뿍이의 발소리를 닮은 그 특이한 소리는 점점 더 이안의 귀에 가깝게 들려오기 시작하였다.

뿍- 뿍- 삐룩-!

분명히 뿍뿍이의 걸음걸이와 비슷하면서도, 묘하게 부자연스럽고 특이한 이질적인 소리!

이제는 그 소리를 이안뿐 아니라 다른 일행들도 전부 듣고 있었고, 하여 모두의 시선은 소리가 들려오는 어둠 속을 향해 고정되었다.

그 와중에 라이와 카르세우스는 뿍뿍이를 향해 호기심 어린 표정으로 질문을 던지고 있었다.

"크릉, 뿍뿍이랑 비슷한 놈이 또 있었나. 크릉!"

"뿍뿍이, 혹시 너 잃어버린 동생이라도 있는 거 아니냐?"

하지만 그 둘의 목소리는 들리지 않는 것인지, 그 누구보다도 집중하여 어둠 속을 응시하는 뿍뿍이!

그리고 잠시 후.

삐룩— 뿍—!

새카만 뇌옥의 어둠 속에서, 작고 귀여운 실루엣을 가진 발소리의 주인공이 일행의 앞에 모습을 드러내었다.

정령계는 인간 진영의 우호 차원계이다.

그리고 기계문명인 라카토리움은 그런 정령계와 적대적인 차원계이다.

그 때문에 인간 진영의 유저인 이안이 라카토리움을 밟기 위해서는 차원의 틈새라고 할 수 있는 '균열'을 이용해야만 했다.

마족 진영의 유저라면 소르피스 내성에 있는 차원 포탈만 이용해도 쉽게 라카토리움으로 이동할 수 있었지만, 인간 유저인 이안은 그러한 방법이 불가능했으니 말이다.

하여 이안은 처음 라카토리움과 관련된 퀘스트들을 진행하기 위해 '균열'을 찾아야만 했었다.

그리고 이안이 그 '균열'을 처음 찾을 수 있었던 계기는 다름 아닌 뿍뿍이의 연애 사업 덕분이었었다.

—뭐……? 그게 정말이야?

－그렇뿍. 우리 예뿍이는 거짓말을 하지 않는다뿍. 철뿍이
만 구해 온다면, 예뿍이는 날 따라오기로 했뿍.

　－아니, 그거 말고. 균열 말하는 거야. 방금 네 말에 따르
면, 이 정령계에도 용천처럼 균열이 존재하는 거잖아?

　－지금 그게 중요하냐뿍!

　－응, 그게 제일 중요해.

　당시 오랜만에 예뿍이와 재회한 뿍뿍이가 그녀로부터 처
남(?) 철뿍이에 대한 이야기를 듣게 되었고.

　그를 구하기 위해 '균열'을 통해 라카토리움에 가야 한다는
이야기까지 하였으니.

　사실상 이안은 뿍뿍이의 연애 사업 덕에, 라카토리움으로
이어진 균열의 존재를 알게 된 것이나 다름없던 것이다.

　뿍뿍이에게 균열을 수배(?)하라고 시킬 때에도, 첫 번째
명분은 그의 연애 사업을 위함이었던 것.

　－빨리 철뿍이를 구하러 가야 한다뿍! 예뿍이랑 약속했뿍!

　－그래, 알겠어 뿍뿍아. 당연히 철뿍이도 구해야지.

　－뿍……!

　물론 메인 에피소드들이 정신없이 이어지다 보니, 그러한
첫 번째 명분은 계속해서 뒷전으로 밀려나게 되었지만.

그래도 이안은 뿍뿍이의 연애 사업을 항상 기억하고 있었다. 뿍뿍이는 이안의 소환수이기 이전에, 가장 오랜 시간 함께한 친구이기도 했으니 말이다.

그렇기 때문에 이안은 어둠속에서 나타난 작은 실루엣을 확인한 순간, 자동으로 뿍뿍이에게 들었던 이야기들이 떠오를 수밖에 없었다.


-근데 뿍뿍아, 궁금한 게 하나 있는데, 철뿍이라는 친구는 그 예뿍이가 기다리던 거북이 아니었어?

-맞뿍.

-그런데 걜 구해 오면, 예뿍이가 과연 널 따라 올까? 그냥 걔랑 행복하게 잘살 것 같은데?

-철뿍이는 예뿍이의 남자 친구가 아니었뿍.

-오, 그래……? 그럼 뭔데?

-내 처남이었뿍.

-……?

-처남을 구해 와야 한다뿍!


어둠 속에서 천천히 기어 나와, 어느새 이안의 앞에 선 작은 거북이.

녀석을 다시 확인한 이안은 묘한 표정이 될 수밖에 없었다.

'이게 이렇게 이어지다니…….'

라카토리움을 처음 밟을 수 있었던 그 시작점부터 시작하여, 이곳에서 진행되는 퀘스트의 마침표를 찍으려는 지금 이 순간까지.

그 처음과 끝을 뿍뿍이의 러브스토리(?)가 장식하니, 뭔가 재밌으면서도 신기한 것이다.

물론 아직 거북의 정체가 '철뿍이'라는 것은 확인되지 않은 상태였지만, 그것은 정황상 너무도 확실한 사실이었다.

이곳 무간옥은 찰리스가 엘리샤를 오랜 시간 봉인해 둔 감옥이자 그의 작품이었고, 뿍뿍이의 예비 처남(?)인 철뿍이를 잡아간 장본인도 바로 찰리스였으니.

이곳에 철뿍이가 갇혀 있다 해도, 전혀 이상할 게 없는 것이다.

게다가 저런 황금 비율(?)을 가진 거북이가 흔한 것도 아니었고 말이다.

'재밌네.'

그리고 그런 이안의 생각을 확인이라도 시켜 주듯, 녀석의 앞으로 먼저 다가간 뿍뿍이가 천천히 입을 열었다.

"뿍……! 네가 혹시 철뿍이냐뿍!"

이제는 완전히 어둠 밖으로 모습을 드러낸 작은 거북이.

녀석의 모습을 다시 한번 확인한 이안은, 두 눈에 이채를 띠었다.

멀리서 볼 때는 몰랐는데 가까이서 확인하니, 녀석의 몸통

이 기계로 만들어져 있다는 사실을 발견한 것이다.

'그러고 보니 예뿍이의 동생은 오래 전에 이미 죽었을 확률이 높다고 했었지.'

그리고 그와 동시에, 뿍뿍이에게 들었었던 철뿍이에 대한 뒷이야기가 떠올랐다.


─근데 뿍뿍아, 지난번엔 예뿍이가 기다리던 거북이 이미 죽었을 거라며. 그게 지금 네가 말하는 철뿍이일 거고.

─맞뿍. 그렇뿍.

─그런데 어떻게 구한다는 거야?

─예뿍이의 말에 의하면, 아마 철뿍이의 영혼은 아직 남아 있을 거라고 했뿍.

─음……?

─기계문명이 탐냈던 것은 자연의 힘이 가득한 철뿍이의 영혼이었고, 그들은 그것을 아마 어딘가에 가둬 뒀을 거라고 했뿍.

─주인이 전에 싸운 적 있다고 했던 찰리스라는 인간……! 그를 꼭 찾아내야 한다뿍.


철뿍이는 오래 전에 죽었을 테지만, 그의 영혼은 라카토리움의 어딘가에 갇혀 있을 것이다.

그리고 그 영혼을 구해 온다면, 예뿍이는 '서리동굴 수호'

라는 억겁의 굴레를 벗어내고, 뿍뿍이를 따라 나설 수 있을
것이다.

　－그래 뿍뿍아, 이 형이 꼭 찰리스를 찾아서 복수하고, 철
뿍이를 구해 줄게.
　－……!
　－네 모솔 탈출을 위해서 그 정도는 내가 도와줘야지.
　－뿌욱……!


　뿍뿍이와 나누었던 모든 이야기들을 떠올린 뒤, 눈앞의
'기계 거북'이 더욱 흥미로워진 이안.
　그런 그의 기대에 부응하기라도 하듯, 두 거북의 대화가
이어지기 시작하였다.
　－삐리뿍ー! 당신들은 누구냐뿍. 어떻게 날 알고 있지?
　당황한 철뿍이의 목소리에, 뿍뿍이가 의기양양한 표정으
로 대답하였다.
　"난 뿍뿍이라고 한다뿍."
　－뿍뿍?
　"철뿍이, 널 구하기 위해서. 정령계에서 달려왔뿍."
　－삐리뿍ー?
　마치, 오로지 철뿍이를 구하기 위해 여기까지 왔다는 양.
　등껍질을 으쓱거리며 말을 잇는 뿍뿍이.

"앞으로 매형이라고 불러라뿍."

—삐릭~! 매형이라니, 그게 무슨 말이냐뿍.

경계심 가득한 철뿍이의 목소리에, 뿍뿍이는 쑥스러운 표
정으로 다시 말을 이었다.

"난, 네 누나…… 예뿍이의 남자 친구다뿍."

—삐리뿍! 나, 남자 친구!

"처남을 구하기 위해, 위험을 무릅쓰고 여기까지 온거다
뿍."

—삐리삐리뿍~!

"내가 반드시 처남을 여기서 구해서, 정령계로 귀환하겠
뿍."

뿍뿍이의 이야기를 듣던 철뿍이는 점점 더 감동스런 표정
이 될 수밖에 없었다.

기억조차 할 수 없는 억겁의 시간 동안 이 무간옥 속에 갇
혀 있던 그로서는, 자신을 구하기 위해 죽음을 무릅쓰고 이
뇌옥까지 달려왔다는 매형(?)의 이야기가 감동일 수밖에 없
었던 것이다.

물론 아직까지, 뿍뿍이에게 몇 가지 의문이 남아 있기는
하였지만 말이다.

—사실 너희들이 처음 여기에 들어왔을 때부터, 계속 따라오며 지켜보
고 있었뿍.

"뿍? 왜 그랬냐뿍."

─너희들에게서 강력한 정령의 향기가 나서. 나도 모르게 따라왔뿍.

"정령의 향기……? 그게 무슨 말이냐뿍."

─고향의 냄새랄까…… 너희들에게서 그리운 냄새가 났다뿍.

이야기를 하던 철뿍이는, 잠시 뜸을 들였다.

이어서 뿍뿍이를 향해, 천천히 다시 입을 열었다.

─그런데 매형, 뭐 하나 물어봐도 되냐뿍.

"마, 말해라뿍!"

매형이라는 단어에 흥분한 것인지, 말을 더듬는 뿍뿍이.

그런 그를 향해, 철뿍이가 조심스레 물어보았다.

─매형이 그럼. 여기 이 파티의 대장인 거냐뿍?

"대, 대장? 그게 무슨 말이냐뿍."

─매형이 날 구하러 오는데, 저 사람들이 따라온 것 맞냐뿍.

"그, 그렇뿍."

─그럼 매형이 대장이니까, 여기까지 따라와 준 것 아니냐뿍?

"뿌욱……!"

철뿍이의 생각지도 못했던 오해에, 뿍뿍이는 당황하고 말았다.

당연히 뿍뿍이는 이 파티의 대장(?)이 아니었지만, 순간 어떻게 대답해야 할지 고민되었으니 말이다.

'내, 내가 대장이 아니라고 하면, 처남이 실망할 텐데뿍.'

그리고 그 순간.

당황한 뿍뿍이의 시선이, 허공에서 이안과 마주쳤다.

그런 뿍뿍이의 마음을 읽은 것인지, 피식 실소를 터뜨리는
이안.

뿍뿍이는 저도 모르게 마른침을 꿀꺽 삼켰고, 그의 뒤에
있던 이안이 앞으로 걸어 나왔다.

이어서 철뿍이의 앞에 선 이안은 뿍뿍이 대신 그에게 대답
해 주었다.

"맞아. 여기 뿍뿍이가 우리 파티의 대장이야."

–역시 그랬냐뿍!

"우린 뿍뿍이 덕에, 여기까지 올 수 있었지."

–삐리뿍–! 매형. 엄청나다뿍!

그리고 이안의 그 목소리를 들은 뿍뿍이는 지금껏 느껴 본
적 없는 감동에 눈망울이 그렁그렁해졌다.

이안은 철뿍이의 등장이 메인 퀘스트 진행에 있어 그렇게
큰 비중을 차지하는 변수는 아니라고 생각하였다.

얼떨결에 뿍뿍이의 숙원 사업이 이뤄졌다는 사실을 제외
하고는, 딱히 정령계의 차원 전쟁과 어떤 연결 고리가 있지
않았으니 말이다.

하지만 이안은 그러한 자신의 생각이 틀렸다는 것을 금세
알게 되었다.

–삐립~! 이제 날 찾았으니, 다시 정령계로 돌아가는 거냐뿍?

"뿌뿍? 그, 그건……."

"그건 아니야, 철뿍아."

–삐리뿍?

"뿍뿍이 대장을 따라 널 찾으러 오긴 했지만, 여기서 할 일이 아직 남아있거든."

–이 지옥 같은 곳에서, 할 일이 대체 뭐냐뿍.

"저 기계 제단 안에 들어가서, 봉인되어 계신 엘리샤 님을 구해 내야 해."

–삐리뿍……?

철뿍이의 물음에 이안은 차원 전쟁과 엘리샤의 봉인에 대한 이야기를 해 주었고, 그것을 들은 철뿍이가 이안 일행에게 도움을 주기 시작한 것이다.

처음에는 퀘스트를 완료할 때까지 기다려 달라는 말을 하기 위해 퀘스트 이야기를 꺼낸 것이었지만…….

–삐립~! 악마 같은 찰리스가 정령계를 또 침공한 거냐뿍!

"그래. 지금 정령계는 또다시 커다란 위기에 빠져 있고, 찰리스의 군대를 몰아내기 위해서는 엘리샤 님의 힘이 꼭 필요하거든."

–삐리–뿍!

"네가 정령계로 돌아가서 행복하게 살기 위해선…… 기계 문명과의 전쟁에서 이기는 것도 중요하잖아?"

-그야, 당연하다뿍!

"그러니까 우리가 엘리샤 님의 봉인을 풀어낼 때까지, 조금만 기다려 줘, 철뿍아."

그 이야기를 전부 들은 철뿍이는 마치 자신의 일인 것처럼 이안 일행을 돕기 시작하였으니 말이었다.

-기계 제단은 무척 위험한 곳이다뿍.

"기계 제단에 대해…… 아는 것이 좀 있어?"

-삐릭ᅳ! 물론이다뿍. 나만큼 기계 제단을 잘 아는 거북도 없을 거다뿍.

"그래?"

-제단이 처음 생길 때부터, 여기 있었던 유일한 존재가 바로 나다뿍.

"오오……!"

-내가 도와주겠뿍. 제단의 안으로 안전히 들어갈 수 있는 방법을, 내가 알고 있뿍.

"그게 정말이야?"

비장한 표정이 된 철뿍이는 앞장서 어디론가 움직이기 시작하였고, 이안 일행은 녀석을 따라 조심스레 이동하였다.

그의 말대로라면 하드한 난이도의 퀘스트를 훨씬 더 쉽게 클리어할 수 있을 테니, 망설임 없이 그를 따른 것이다.

'철뿍이가 거짓말을 할 이유도 전혀 없을 테고…….'

하여 그렇게 10분여 정도 이동하였을까?

뇌옥의 막다른 길에 도착한 철뿍이는 벽에 그려진 복잡한 문양의 앞에 멈춰 섰다.

그리고 다음 순간, 철뿍이의 작은 등껍질에서 새하얀 빛이 흘러나오기 시작하였다.

카일란은 전 세계적으로 셀 수 없이 많은 유저들이 플레이하는 게임이다.

따라서 어느 정도 이름이 알려진 랭커만 추려 본다고 하더라도, 수백. 아니, 수천 명이 넘는 숫자였다.

한국 서버에만 '톱 랭커'에 꼽히는 유저가 100명도 훌쩍 넘는 상황이니, 전 세계를 기준으로 놓고 본다면 너무 당연한 수치인 것이다.

그 때문에 카일란의 기획팀은 절대로 모든 랭커들을 모니터링할 수가 없었다.

아무리 성실히 야근(?)을 한다고 해도 말이다.

"김 대리, 오늘 모니터링할 랭커 목록 뽑아 왔어?"

"네, 팀장님. 오늘은 다행히 80명 정도 선이네요."

"휴, 그나마 다행이군."

"그럼, 기록 시작하겠습니다."

"특이점 발생하면 곧바로 전화해서 보고하고."

"옙!"

하여 LB사에는, 내부적으로 모니터링할 유저들을 뽑아내는 알고리즘을 가지고 있었다.

전날 기준으로 특이점을 불러올 만한 행동을 한 유저들을 시스템이 기록해 둔 뒤, 다음 날 해당 유저를 모니터링할 수 있도록 목록을 뽑아 주는 것이다.

그리고 이렇게 매일 뽑히는 유저들은 대부분 랭커들일 수밖에 없었다.

물론 간혹 시스템의 허점을 공략하는 특이한 저레벨 유저들도 존재했지만, 그래도 상위 랭커들만큼 그 위험도가 높기는 힘들었으니 말이다.

"휴우, 모니터링팀 전화 올 때가 제일 살 떨린단 말이지. 오늘은 별일 없어야 할 텐데……."

"그러게요, 팀장님. 모니터링실에서 전화 한 번 올 때마다, 야근이 하루씩 늘어나는 기분이에요."

"그런 기분이 아니라, 그런 게 맞아. 거의 과학이나 다름없지."

"……."

하지만 여기서 재밌는 것은 모니터링 목록에 포함되는 빈도수가 꼭 랭킹에 정비례하는 것은 아니라는 사실이었다.

쉬운 예로 전 세계적인 톱 티어 랭커인 카이의 경우, 모니터링 대상으로 선정되는 경우가 거의 없었으니 말이다.

아무리 최상급의 랭커라 하더라도 플레이 성향이 정직(?)

하다면, 그러니까 쉽게 말해 기획팀이 예측 가능한 방향으로 플레이를 하고 있다면, 모니터링을 할 이유가 딱히 없었으니 말이다.

카이가 모니터링 대상에 포함되는 때는 보통 메인 에피소드의 퀘스트를 빠르게 진행 중일 때뿐이었다.

"모든 유저들이 기획 의도대로 잘 움직여 주면 얼마나 행복할까."

"그러게, 그럼 워라벨이 3배 정도는 좋아질 텐데 말이지."

그리고 카이같이 정직한(?) 유저가 있다면, 거의 그 대척점이나 다름없는 곳에 서 있는 유저도 있었으니…….

"뭐, 이런 어이없는 경우가 다 있어?"

"…….."

"저 고철 거북이는 대체 왜 저기에 있는 건데?"

"그게, 팀장님…….."

"후우, NPC가 아주 콘텐츠를 양손으로 들어다 바치는구먼그래."

"지, 진정하세요, 팀장님."

그것은 1년 365일 중 거의 300일 이상 단골손님으로 모니터링실에 찾아오는, 바로 '이안' 같은 유저라고 할 수 있었다.

이안이라는 이름은 거의 항상 모니터링 유저 목록 최상단에 박혀 있었고, 어느 날 이안의 이름이 목록에 보이지 않기라도 한다면, 혹시 목록을 잘못 뽑은 건 아닌지 모니터링실에서 의심하는 수준이었으니 말이다.

"아니, 저 거북이 히든 피스라며?"

"비, 비슷합니다."

"히든 피스가 대체 왜 제 발로 유저를 찾아가는 건데?"

"그, 그게……."

"히든 피스면 히든 피스답게, 좀 숨어 있어야 하는 거 아냐?"

"이안 유저가 가지고 있는 특수한 조건 때문에……."

그리고 오늘도 '그 유저' 덕분에 LB사의 기획팀은 홍역을 치르고 있었다.

그것은 기획 1팀의 팀장인 김의환이 한껏 상기된 얼굴로 모니터링실에 뛰어 내려온 것만 봐도 알 수 있는 사실이었다.

"하, 히든 피슨지 뭔지…… 저 멍청한 거북이 때문에 콘텐츠 하나 날려 먹게 생겼네."

지금 온 기획팀의 신경은 중간계의 차원 대전에 쏠려 있었다.

정령계와 라카토리움 간의, 전면전이나 다름없는 대전쟁.

이 전쟁의 결과가 어떻게 나오느냐에 따라 앞으로 메인 에피소드의 판도가 완전히 달라질 테니, 기획팀으로서는 온 신경이 곤두서 있을 수밖에 없는 것이다.

그렇다면 기획팀이 원하는 결과는 무엇일까?

당연한 얘기겠지만 기획팀은 특별히 어느 한 진영이 이기기를 바라지 않았다.

　다만 기획팀이 원하는 것은 이 전쟁 에피소드가 최대한 길게 이어지는 것일 뿐이었다.

　에피소드 자체에 들어간 기획팀의 공수가 어마어마했기 때문에, 적어도 두 달 정도는 전쟁이 이어지며 콘텐츠 소모가 늦어지길 바라는 것이다.

　그리고 그런 의미에서, 전쟁의 결과를 앞당길 수 있는 이안의 퀘스트는 최대한 오래, 최대한 지지부진하게 길어져야만 했다.

　"긍정적으로…… 생각하시죠, 팀장님."

　"지금 긍정적이게 생겼냐. 1주일 날려 먹은 것 같은데."

　"……."

　사실 김의환을 포함한 기획팀은 이안이 엘리샤를 구해 전장에 합류한다고 해서, 곧바로 정령계의 승리로 전쟁이 끝날 것이라고 생각하는 것이 아니었다.

　엘리샤가 귀환하는 순간, 찰리스와 간부들이 본격적으로 전쟁에 참전하여 밸런스를 맞추도록.

　애초에 에피소드가 그렇게 구성되어 있었으니 말이다.

　다만 이안이 퀘스트를 빨리 클리어할수록 엘리샤의 귀환과 더불어 찰리스의 등장도 빨라지게 되고, 그것은 곧 전쟁의 종료가 임박했음과 일맥상통하는 것이니, 철뿍이의 등장으로 이안의 기계 제단 공략이 빨라진 것이 무척이나 마음에 들지 않을 뿐이었다.

하지만 팀장 김의환과 달리, 무척이나 긍정적인 팀원도 하나 있었다.

"긍정적인 측면도 분명히 있습니다, 팀장님."

"대체 긍정적인 게 뭔데?"

항상 기획 1팀의 행복 회로(?)를 담당하고 있는 김도훈 대리는 오늘도 김의환의 흥분을 가라앉히기 위해 노력 중이었다.

"사실 히든 피스가 없었다 해도, 이안은 분명히 제단을 클리어했을 것 아닙니까?"

"흐음…… 그야 그렇겠지."

"물론 시간이야 며칠이 더 소요되었겠지만…… 하루 만에 뇌옥을 전부 통과한 이안이라면 분명 클리어했을 겁니다."

"그래서 무슨 말을 하고 싶은 건데, 김 대리?"

김의환의 반문에 김도훈은 의미심장한 표정으로 답하였다.

"아마 제단의 기관 구조를 알고 있는 철뿍이라면, 이안을 거의 전투 없이 최상층까지 데려다줄 테죠."

"그……런데?"

"그럼 이안은 네임드급 몬스터들과의 조우 없이 퀘스트를 클리어하게 될 테니, 막대한 경험치를 날려 먹을 겁니다."

"……"

"결국 차원 전쟁에 합류할 때까지, 100레벨은 찍지 못하겠죠."

"그걸, 말이라고…….."

김도훈의 이야기를 듣던 김의환은 흥분이 가라앉는 것을 넘어 어이없는 표정이 될 수밖에 없었다.

물론 그의 말이 틀린 것은 아니었지만.

사실 철뚝이 덕에 아낀 1주일 동안 어디서 대충 사냥만 해도, 그 경험치 차이는 충분히 메워질 수준일 테니 말이었다.

하지만 김도훈의 다음 이야기는 김의환에게도 제법 솔깃한 것이었다.

"이건 단순히 경험치 손해에서 끝나는 문제가 아닙니다, 팀장님."

"그럼?"

"'초월 100레벨'이 얼마나 중요한지, 팀장님도 잘 알고 계시지 않습니까?"

"……!"

"100레벨을 을 못 찍은 상태에서 이안이 참전하는 것과 100레벨이 된 이안이 차원 전쟁에 참전하는 것. 그 파급력이 얼마나 다를지 한번 생각해 보시면…… 분명 긍정적인 측면도 있다는 겁니다."

"오호……?"

철뚝이라는 히든 피스 덕에 이안이 퀘스트에서 아낀 시간은 최소 3일에서 최대 1주일 정도였다.

하지만 철뚝이 덕에 퀘스트를 빨리 클리어했다 해서, 그

시간만큼 이안이 어디서 파밍을 하고 있지는 않을 것이다.

퀘스트를 빨리 깬 만큼, 전장에 참전을 빨리할 유저가 이안이었으니 말이다.

'하긴. 이안이 100레벨 찍고 각성하지 못한 걸, 오히려 다행으로 여겨야 할지도 모르겠어.'

아직 유저들 사이에는 전혀 알려져 있지 않았지만, 초월 100레벨이라는 것은 중간자에게 생각보다 큰 의미가 있었으니 말이었다.

99레벨에서 그토록 레벨이 잘 오르지 않는 것도, 그러한 이유 때문이었고 말이다.

하여 생각이 여기까지 미치자 조금 진정이 된 김의환은 한숨을 푹 내쉬며 팀원들을 향해 입을 열었다.

"휴우, 일단 다들 기획실로 돌아가자."

"예, 팀장님."

"올라가서 다시 회의하시죠."

그리고 그렇게 오늘도, 아침부터 소란스러웠던 기획팀은 평화를 되찾을 수 있었다.

사실 철뿍이가 일행을 찾아 나타난 것은 꼭 일행에 이안이 포함되어 있기 때문만이 아니었다.

철뿍이는 그의 말대로 강력한 정령의 냄새에 끌려 일행의 앞에 나타난 것이었고, 그것은 이안이 아니라 다른 정령술사가 파티에 포함되어 있었더라도 다르지 않았을 테니 말이었다.

다만 이안이 뿍뿍이의 러브스토리(?) 덕을 본 것은 철뿍이와의 친밀도를 무척이나 쉽게 쌓았다는 점이었다.

이안이 아니라 어떤 유저였더라도 퀘스트를 진행하다 보면 철뿍이가 합류했을 테지만, 처음부터 이렇게 적극적으로 파티를 돕지는 않았을 테니 말이다.

정상적인 루트대로라면 유저가 제단을 공략하는 동안, 철뿍이는 일정 시점까지 방관자의 역할을 했을 터.

하지만 첫 만남부터 철뿍이는 뿍뿍이에게 감동받을 수밖에 없었고, 그것은 곧 이안과의 친밀도 상승으로 이어졌다.

–특수한 조건이 충족되었습니다!

–고대의 NPC '철뿍이'와의 친밀도가 100만큼 증가합니다.

–'철뿍이'와의 친밀도가 최대치에 도달했습니다.

히든 NPC임에도 불구하고 단숨에 최대치의 친밀도까지 도달한 철뿍이는 마치 자신의 일처럼 이안 일행을 돕기 시작한 것이다.

"으, 여기 완전 미로잖아?"

─삐리뿍─! 이쪽으로 와라, 친구들.

"철뿍이, 넌 길을 다 아는 거야?"

─삐립─! 당연하다뿍. 나만 믿고 따라와라뿍!

마치 치트키를 치기라도 한 것인지.

철뿍이의 등껍질이 하얗게 빛날 때마다, 미로같이 얽혀 있는 기계 제단의 문이 하나둘 열렸다.

물론 그 과정에서 전투가 아예 없었던 것은 아니지만, 뇌옥에서 만났던 네임드급 간수들과 비교하면 귀여울 수준.

이안 일행은 철뿍이 덕에, 정말 일사천리라는 말이 무색할 정도로 빠르게 제단의 중심부까지 진입할 수 있었던 것이다.

"엘리샤 님. 저희 지금, 맞는 길로 움직이고 있는 거죠?"

─예, 맞아요. 제 힘이 점점 강하게 느껴지네요.

"오오……!"

그리고 그렇게, 대략 2시간 정도가 더 지났을까?

기계 제단을 빙글빙글 돌며 중심부로 진입하던 이안 일행은 드디어 목적지에 도달할 수 있었다.

엘리샤가 미니 맵에 찍어 준 좌표 바로 앞까지, 정확히 도착한 것이다.

─삐립─! 내가 안내할 수 있는 건 여기까지다뿍.

"아직 엘리샤 님이 봉인된 곳은…… 보이지 않는데?"

─저 톱니바퀴처럼 생긴 철문 안쪽으로 들어가면, 아마 엘리샤 님이 봉인된 기계 감옥이 있을 거다뿍.

"안까지 데려다주면 안 돼?"

-그, 그건 안 된다뾱.

"왜?"

-저 안에는 차원 마력으로 만들어진, 강력한 자기장이 흐른다뾱.

"자기장?"

-나 같이 기계로 만들어진 존재는 저 안에 들어가는 순간 온몸이 굳어 버릴 거다뾱.

철뾱이의 이야기를 들은 이안은 그가 가리킨 철문을 향해 시선을 돌렸다.

그리고 이번에는 엘리샤를 향해 다시 물어보았다.

"저 안에, 엘리샤 님의 본체가 갇혀 있는 거죠?"

이안의 물음에 엘리샤가 고개를 끄덕이며 답했다.

-맞아요, 이안 님.

"그럼…… 마지막까지 한번 힘내 보죠."

이안의 이야기에 엘리샤는 빙긋 웃으며 고개를 끄덕였다.

-이안 님이라면, 분명히 해내실 수 있을 거예요.

그런데 다음 순간, 이안의 눈앞에 생각지도 못했던 상황이 펼쳐지기 시작하였다.

띠링-!


-조건이 충족되었습니다.

-물의 정령왕 '엘리샤'와의 계약이 일시적으로 끊어집니다.

-'엘리샤 구출(히든)(에픽)(연계)' 퀘스트가 발동됩니다.


엘리샤와의 계약이 끊어진다는 메시지가 떠오름과 동시에, 그녀의 잔영이 철문 안쪽으로 빨려 들어간 것이다.

'뭐, 뭐야? 마지막 페이즈는, 엘리샤 없이 클리어해야 하는 거였어?'

이어서 멈춘 듯 보였던 톱니 모양의 철문이, 드르륵 하는 소리를 내며 움직이기 시작하였다.


to be continued

# 200평 초대형 24시 만화방

수면실
(침대식) ── 사우나석

다인석 ── 샤워실

세탁기 ── 신간100%

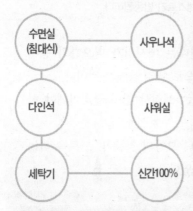

---

## 📖 수원 인계동점

● 나혜석거리  ● 농협

● CGV  ● 수원시청역⑧

무비 사거리

소주한잔건물 24시 만화방 3F  ● 홍콩반점  ● 홈플러스

TEL : 031-226-3771
수원시 팔달구 인계동 1041-11 3층 24시 만화방

---

## 📖 의정부점

의정부역④⑤  흥선지하도

◀서울방향

진성약국  ● 던킨도넛츠

24시 만화방 3F

TEL : 031-856-3971
경기도 의정부시 의정부동 197-13 3층

---

## 📖 주안점

주안남부역

◀제물포  민병철어학원 ●  간석동▶

25시 만화방 6F

TEL : 032-426-2871
인천광역시 주안남부역 지하상가 4번 출구 GS25시 건물 6층

---

## 📖 안양점

● 안양역  육교

◀관악역  명학역▶

● 농협

24시 만화방 2F
안양일번가

TEL : 031-466-3771
경기도 안양시 안양동 674-163 죠이당구장건물 2층

# 황룡의 비상

이윤규 대체역사 소설

## 혼란스러운 조선에
## 첨단 지식의 참맛을 보여 주다!

201X년, 폭발 사고에 휘말린 이영도 대위
그리고 낯선 곳에서 깨어나는데……

지금이 조선 건국 5년이라고?

화포 제작부터 한글 반포까지
조선 발전을 가속시키는 영도
일본 정벌도 식은 죽 먹기!

조선에서 대한민국까지
역사를 재설계하라!

# 퍼펙트 라이프

### 진유호 현대 판타지 장편소설

완벽하게 망가졌던 이 남자, 완벽해져 돌아왔다?
꼴찌 가장 진동수, 인생의 행복을 붙잡아라!

실패한 사업가, 무능한 사원, 가족들에게 무시받는 가장,
그리고…… 담도암 말기
오열하는 모습까지 SNS에 퍼져 전 국민의 비웃음거리가 되고
실패로 점철된 인생이 나락으로 치달은 그 순간,
벼락 한 방에 모든 게 뒤바뀌었다!

사라진 암세포, 강철 체력, 명석해진 두뇌
밑바닥 인생 진동수에게 남은 일은 이제 성공뿐!
그런데 이 능력……
혼자만 잘 먹고 잘 살라는 건 아닌 것 같다?
눈앞의 붉은 선을 따라가면 위험에 빠진 사람들이!

나의 행복도, 남의 안전도 놓치지 않는다!
화랑전 울보남의 국민 영웅 등극기!